COURONNE
ET
PRÉJUGÉS

Sylvie Tellier

Couronne et Préjugés

Fayard

En couverture : © Benjamin Decoin
Création graphique : Le Petit Atelier

ISBN : 9782213726977
Dépôt légal : mai 2024

Il était mille fois…

Installez-vous, prenez place dans ce bus, pas n'importe lequel, le bus où tout commence. Celui qui me mène à l'élection de Miss Pays de la Loire, à l'automne 1997. Nous sommes à Saint-Géréon, en Loire-Atlantique, soit à plus de 150 kilomètres des Sables-d'Olonne, où je vis avec ma mère et mes sœurs. Autour de nous, dans le bus, une ambiance d'avant-match, de fête, de supporters, *mes* supporters. Car, tradition oblige, chaque candidate doit fédérer le maximum de soutiens pour gagner sa place sur le podium. De plus, outre les coûts liés au trousseau de la candidate, chaque place coûte 20 francs. C'est donc avec mon âme de VRP que j'ai sollicité les entreprises de ma ville pour financer mon projet. Ça a marché, nous y sommes, *enfin* ! Monsieur Hoffman, propriétaire du casino où j'ai travaillé pratiquement tous les étés précédents, m'a offert 3 000 francs pour financer les places et la location du bus nécessaires au trajet des cinquante personnes venues m'encourager le soir de l'élection. Charlotte Coiffure a même tenu à m'offrir ce chignon venant parfaire la nouvelle robe que maman m'a confectionnée pour l'occasion. Maman, qui a posé un congé. Elle est venue spécialement à Nantes pour choisir avec moi le tissu de mes rêves, chez Bouchara.

Nous en rêvons ensemble, de cette victoire. Combien d'heures a-t-elle pu passer à la réalisation du bustier et de la jupe que je porte ? Je ne sais pas. Avec cette énergie, comment la couronne nous échapperait-elle ? Si maman a des doigts de fée pour la couture, moi j'ai le cœur qui bat à mille à l'heure à l'idée de toucher ce rêve du bout des doigts. Pourtant, à l'arrivée, rien ne se passe comme prévu : une candidate porte exactement le même tissu que moi et, en quelques heures, le rêve tourne au cauchemar : Carole Parfait est couronnée Miss Pays de la Loire, puis s'envole pour la Martinique et le concours national. Je reste sur la deuxième marche du podium. Je me suis jetée tête la première dans cette aventure sans jamais envisager l'échec. Dans le bus du retour, je sens, outre la mienne, la tristesse de tous ces gens qui ont fait le déplacement, qui ont cru en moi. Que vous dire ? Dans un silence de mort, je découvre le goût amer, indélébile, de la déception. Quelques jours plus tard, sur la TV du salon familial, j'observe avec une envie adolescente l'élection de Sophie Thalmann qui défile aux côtés de Carole, dans leurs robes de princesses, sur la première chaîne d'Europe. L'aplomb et l'audace de Sophie ce soir-là donnent une nouvelle dimension au concours de beauté. De toute façon, j'en étais certaine : jamais je n'aurais été capable de rivaliser avec son aisance et sa beauté. En ces derniers jours de 1997, je suis catégorique : pour moi, les concours de beauté, c'est bel et bien terminé. Mais il faut toujours se défier des idées reçues...

Retour au présent. Paris, juin 2023. Les enfants sont à l'école, Laurent, mon mari, m'embrasse avant de filer à son premier rendez-vous de la journée. J'ai annulé tous les miens pour me jeter à l'eau. C'est drôle, parce que dehors la pluie tombe. Intensément. Dans son déluge obstiné, elle se fiche bien du calendrier : aujourd'hui c'est l'été. Il va falloir se mouiller. Dire ce que je n'ai jamais dit. Sur mon bureau, un café noir et une page blanche. Mais pourquoi ai-je donc accepté d'écrire ce livre ?! Mes doigts tapotent le clavier de mon téléphone, comme lorsque l'on hésite à appeler un ami. Je gagne du temps, je repousse l'échéance. Soudain, la pluie s'arrête. Une évidence, comme une éclaircie : j'avais juste besoin de vous parler. Oui, à vous.

Nous nous connaissons depuis longtemps, vous et moi, n'est-ce pas ? Un soir de décembre 2001, j'ai fait irruption, avec un brin d'audace, à l'intérieur de votre poste de télévision. Je fais un mètre soixante-douze, j'ai 23 ans ; autant vous dire que, même si je meurs d'envie de gagner, je ne m'imagine même pas parmi les douze finalistes. Ressentez le stress d'être comparée, sous toutes les coutures, à des beautés aussi redoutables que Sandra Bisson (Miss Guadeloupe) ou Louise Prieto (Miss Côte d'Azur). La pression de réaliser des chorégraphies à peine répétées, tout en répondant aux questions du jury présidé par le grand paléontologue Yves Coppens. Pourtant, à la fin de ce parcours du combattant, vous m'avez choisie. Ce soir-là, lorsque Jean-Pierre Foucault, avec son inimitable sourire paternel, annonce, depuis la Filature de Mulhouse, que je suis élue Miss France 2002, j'ai l'impression que mon cœur va exploser. Mes tempes battent comme jamais. Mon regard perdu dans le vide se fixe sur Maman. Ma vie bascule.

Vous et moi, nous nous sommes rencontrés si souvent depuis… Alors je me la suis posée, la question, au moment d'écrire ces lignes… Mais non, décidément, cette histoire, la nôtre, ne peut pas commencer par « Il était une fois ». Il ne s'agit pas d'un conte de fées, mais d'une histoire bien réelle, avec ses hauts et ses bas, une histoire née d'un coup de foudre avec douze millions de téléspectateurs sur TF1 et muée en relation au long cours avec vous, de tous âges, origines et horizons, des villes et des campagnes, qui m'avez ouvert vos portes.

Oui. Pour dire l'intensité de cette relation, pour lui rendre justice, il faudrait commencer *a minima* par « Il était mille fois… ». C'est aussi ce qui rend spécial et incomparable le rôle de Miss des Françaises et des Français : loin d'une notoriété déconnectée à force de n'être faite que d'écrans et de réseaux sociaux, j'ai eu la chance incroyable, pendant toutes ces années, d'apprendre à vous connaître dans la vraie vie.

Alors, à bien y penser : un livre, à quoi bon ? Voilà la réponse que j'ai opposée aux éditeurs qui m'ont souvent approchée pour écrire des « bouquins vite faits mal faits ». À 25 ans, je n'avais pas assez vécu pour me sentir légitime à écrire, et surtout pour dire quoi d'utile et à qui ? Aux femmes, en particulier ? J'ai alors préféré rédiger avec Geneviève de Fontenay une autobiographie sur l'aventure que fut son existence. À 35 ans, j'aurais pu coucher une espèce de *success story* sur le papier, monnayer des conseils pour devenir Miss ou jouer les gourous de développement personnel. Ce qui ne m'intéressait pas alors ne me passionne guère davantage aujourd'hui, à 45 ans !

Je dois aussi reconnaître que la venue au monde d'Oscar, puis de Margaux et de Roméo, notre petit dernier, a modifié ma perspective sur ma propre histoire. Toutes les mamans savent de quoi je parle ! En devenant mère, j'ai plongé dans une dimension humaine profonde, une expérience qui m'a dotée d'une sensibilité nouvelle, d'une empathie accrue et d'une capacité à comprendre davantage encore les rêves de chaque jeune femme aspirant à porter la couronne. J'ai observé chacune d'elles avec une attention plus maternelle. J'ai su faire des choix, aussi : regarder en arrière avec une clarté et une lucidité accrues, affronter les événements passés à la fois sans filtre et avec une certaine bienveillance. En bref : tirer des leçons dans cette nouvelle étape de ma vie. J'ai envie que nous revisitions ensemble, vous et moi, en toute franchise, ces deux décennies extraordinaires.

Et si, depuis le début, il y avait entre nous un grand malentendu ? Un malentendu né dès le tout premier soir. Vous vous en souvenez ? Moi parfaitement. L'équipe de l'émission « 7 à 8 », qui suit chaque Miss France pendant quarante-huit heures après son sacre, immortalise une scène à peine croyable : Geneviève de Fontenay, en gros plan, lâchant un « oh m**** ! » indélicat, face caméra. Je viens de remporter l'élection, et je n'étais très clairement pas sa candidate préférée. Pour couronner le tout, si je puis dire, la même équipe déboule le lendemain matin aux aurores dans ma chambre pour me demander de commenter ces images assez peu flatteuses. « Sylvie, regardez, vous en pensez quoi ? » Un spot lumineux dans le visage, je brode, m'excusant à moitié de ma victoire : « Je suis un peu atypique… »

En revoyant les images quelques jours plus tard, je ne vois que deux façons de faire les choses : mettre un gros coup de pied dans la fourmilière, créer le scandale et bénéficier au passage d'un tremplin médiatique en or que d'autres n'auraient pas hésité à emprunter ou bien respecter l'institution, me souvenir que nous étions quarante-sept concurrentes et que j'avais gagné face à quarante-six jeunes femmes qui méritaient que je les représente correctement, tout comme les votants. Ce jour-là, vous avez donc vu sur TF1 une jeune fille sage, peut-être trop sage, au fond de laquelle grondait pourtant une colère sourde.

Retracer mon parcours à travers les pages d'un livre, c'est se retrouver face à un carrefour de doutes et d'interrogations. C'est comme contempler un miroir, y compris les controverses et les perceptions contrastées. L'idée de démonter les préjugés qui ont façonné mon image publique titille mon esprit. Est-ce le bon moment ? Je ressens à la fois l'excitation de partager mon histoire et l'appréhension des conséquences. Écrire un tel livre, c'est comme naviguer sur une mer agitée, cherchant à guider le lecteur à travers les méandres de ma vie tout en préservant l'authenticité de chaque vague d'émotion et de réflexion.

Et si je n'étais tout simplement pas celle que vous croyiez ? Attention, ici, pas de jérémiades, ce n'est pas le genre de la maison, ni une vie de magazine papier glacé revue et corrigée à coups de strass et de paillettes. Juste la réalité d'une « fille de Français moyens » qui a travaillé sans relâche pour poursuivre son rêve, dans l'univers hors du commun d'un des concours de beauté les plus élégants au monde. Je ne suis pas seulement la Miss que personne n'attendait, je suis une femme qui assume ses choix, ses valeurs, sa dureté quand elle est nécessaire, même lorsqu'il faut payer le prix de déplaire, qui assume sa complexité aussi, ses contradictions et ses échecs parfois.

Vous n'en avez jamais eu marre que les gens ne croient pas en vous ? Cette impression de ne jamais être à sa place, de toujours déranger, d'être considéré comme un intrus ou un élément bloquant ? Et quand, enfin, vous réussissez, soit vous êtes une arriviste, soit une *intrigante* (le mot poli pour dire qu'on a couché), soit on essaie de minimiser votre succès. Eh bien, c'est l'histoire de ma vie, elle n'a rien d'extraordinaire pourtant, elle est au contraire d'une terrible banalité : c'est une vie de femme. Une femme parfois découragée, mais qui n'a jamais plié, qui a fait de chaque obstacle un carburant à sa motivation pour viser encore plus haut. Une femme qui s'est donnée corps et âme à une certaine idée du glamour et de la grâce à la française, mais aussi une femme qui a toujours voulu prouver que, au sommet d'un joli corps, il y a une tête.

Derrière les polémiques, les scandales et les clashs se jouait souvent une confrontation, plus sérieuse, entre différentes visions du concours Miss France. J'ai toujours défendu la mienne : valoriser l'humain derrière la couronne et insuffler un vent de modernité tout en honorant la tradition. Entre, d'une part, les tenants d'une ligne ultra-conservatrice pour un concours fossilisé et, d'autre part, ceux qui ne voient en Miss France qu'une machine à cash pour rentabiliser un investissement financier, j'ai toujours promu l'idée d'un concours qui dépasse ces visions étriquées, un concours dans son époque, mais aussi à fort engagement humain. L'alliance gagnante qui en ferait le grand événement national moderne, à la fois le plus luxueux et le plus populaire. Cela ne m'a pas valu que des amitiés... D'autant que Miss France est aussi le réceptacle – parfois le déversoir ou le défouloir – de questions que se pose la société française. Est-il encore possible de dire que ce concours n'est pas une manifestation sexiste, que Miss France ne peut ni ne doit devenir une vulgaire influenceuse, ou de donner son avis sur la présence des personnes transgenres ou des mères de famille parmi les candidates sans déclencher une tempête médiatique ?

Autant se le dire, pourtant, la genèse de ce livre se trouve ailleurs, plus près du cœur que de la tête peut-être. Nous avons, vous et moi, un vieux *truc* humain à régler. Une incompréhension, une distance, des préjugés qui comportent souvent une parcelle de vérité, des idées reçues qui reflètent parfois un aspect réel de ma personnalité, mais de façon déformée. Des images qui collent à la peau comme une robe mal taillée : la fille bien née, la Miss intello, donc arrogante, la beauté froide, la *businesswoman* forcément calculatrice… Je connais tous ces clichés, je n'en ignore aucun. Je ne suis pas spécialement pudique, et je n'ai pas honte de dire d'où je viens ni ce que je suis. Mon choix, aujourd'hui, c'est de vous raconter enfin ma véritable histoire. Avec vous qui me lisez, j'ai une relation particulière, marquée par le parler-vrai, de votre part et de la mienne. Nous nous disons les choses sans faux-semblants depuis près de vingt ans maintenant : ce livre est né de cette sincérité sans concession et de la complicité exigeante qui nous lie. J'ai donc décidé de jouer avec tous ces préjugés, de les déjouer aussi, tout en étant le plus honnête sur leur part de véracité : chaque chapitre de ce récit partira donc d'une idée reçue, d'un préjugé, peut-être vrai ou faux.

Chaque ligne de ce livre est une invitation à explorer, en nuance mais aussi en transparence totale, les événements petits et grands ayant marqué deux décennies de l'histoire de Miss France, avec laquelle se confond la mienne. Vous découvrirez des anecdotes ciselées dans le marbre du temps, des récits tissés de réalité brute, mais surtout des émotions jusque-là confinées dans mon for intérieur, murmurées, loin des feux des projecteurs. C'est ma façon de dévoiler, sans artifices ni masques, ces instants vécus dans l'arène des concours de beauté, ces péripéties inattendues, mais aussi ces sentiments inexplorés qui n'ont jamais été exprimés en public jusqu'à ce jour. Il y eut les moments de stress intense, dont le pire fut l'affrontement délétère entre Valérie Bègue et Geneviève de Fontenay. Les moments cocasses aux côtés des Miss, comme cette fois où Alexandra Rosenfeld régurgita un petit four au foie gras (qu'elle ne consomme jamais) dans la serviette que je lui avais discrètement tendue. Les fous rires innombrables, par exemple en voyant Jamel Debbouze surgir sur la scène de Miss France avec sa « pouliche Samantha Switch », c'est-à-dire Gad Elmaleh magnifiquement travesti en candidate. Il y eut l'éblouissement face au défilé de stars, françaises ou internationales, tels Ed Sheeran ou Robbie Williams, et plus particulièrement face aux monstres sacrés qui ont participé au jury, comme Alain Delon, Line Renaud ou Johnny Hallyday. De très grandes émotions, donc, parmi lesquelles figurent bien sûr de très grandes douleurs, publiques ou privées, au premier rang desquelles la disparition de Jean-Pierre Pernaut et de Madame de Fontenay.

Geneviève... Comment ne pas parler, dès les premières pages de ce livre, de celle qui a tant compté dans ma vie ? Ses cheveux coiffés avec rigueur, son visage souvent sévère, marqué par les combats, ses yeux tantôt rieurs, tantôt reflets métalliques d'une volonté de fer. Derrière cette apparence austère se cachaient une force inébranlable, un engagement indéfectible envers ses convictions. Geneviève, c'est un peu comme une montagne dans le paysage français, une personnalité de notre histoire nationale. Sa silhouette évoque tant de choses : la tradition, la passion, mais aussi des colères mythiques. Pour moi, c'est une relation bien sûr plus personnelle, faite de tensions certes, mais aussi et surtout d'une profonde humanité : oui, à sa façon bien à elle, Geneviève a changé ma vie. Et maintenant, je me demande : est-ce que j'ai le droit de raconter notre histoire ? C'est comme si je marchais sur un fil fragile, entre l'hommage et la discorde. Geneviève est là, dans tant de mes souvenirs. Écrire sur elle, c'est comme essayer de capturer un éclair dans une bouteille. Même si nos chemins se sont parfois croisés dans la tourmente, Geneviève, c'est un peu de moi, un peu de nous, un peu de l'histoire de Miss France et de l'histoire de France, alors vous la retrouverez, dans toute sa vérité, au fil de ces pages.

J'espère que ces récits briseront le carcan des apparences pour laisser place à une vérité plus profonde, à des réflexions et des émotions jusqu'alors gardées sous clef. À travers ces mots, je souhaite ouvrir une fenêtre sur un univers trop souvent jugé superficiel et stéréotypé. Je veux offrir la possibilité à chacun de se forger sa propre opinion, de se plonger dans les méandres de cette saga, et d'y découvrir des pans inexplorés, des facettes méconnues, des instants de vie, parfois anecdotiques, parfois lourds de sens, qui ont secoué et façonné notre histoire collective. Ce livre est, à mes yeux, bien plus qu'un simple témoignage. C'est un voyage au cœur des défis et des joies, mais aussi des tourments et des interrogations d'une femme du XXIe siècle. C'est aussi, bien sûr, une opportunité rare de dévoiler l'envers du décor sans esprit de déballage, de révéler des fragments intimes, dans l'espoir que chacun puisse se connecter à ces récits et s'enrichir de cette expérience humaine.

Ce livre a débuté sur un faux départ, ou plutôt sur ma déception de 1997, à l'élection de Miss Pays de la Loire. Je vous propose de ne pas rester sur un échec. Car, à partir de cette première expérience, j'ai droit, chaque année en décembre, à un coup de fil de ma mère. « Tu es devant l'élection de Miss France ? » Dans sa voix, c'est peu dire que j'entends son envie que je me représente. Sans le savoir, elle finit par me convaincre : poussée aussi par ma sœur Stéphanie – dont je vous reparlerai –, je participe en cachette au concours de Miss Lyon, en 2001. Hors de question, en cas de défaite, de faire de la peine à notre mère. Un peu après minuit, je l'appelle :

« Maman, je te réveille ?

– Oui, il s'est passé quelque chose de grave ? Il est tard, je m'inquiète, tout va bien, hein ?

– Oui, oui, pardon pour l'heure... Je voulais savoir : tu as toujours ton tailleur noir ? Il te va toujours ?

– Mon tailleur noir ?

– Oui, celui que tu gardes pour les grandes occasions.

– Mais qu'est-ce que tu racontes, où es-tu ? Tu as bu ? Tu es toute bizarre.

– Non, maman, promis, c'est important. Est-ce que tu l'as toujours ?

– Oui, oui ! Mais enfin, pourquoi ?

– Parce que tu vas voir Jean-Pierre Foucault.

– …

– Maman ?… Je viens de remporter le titre de Miss Lyon, je participe à Miss France en décembre, sur TF1 !

Préjugé n° 1

Née avec une cuillère en argent dans la bouche

Où vous rencontrez Sylvie, une petite Française des années 1980, qui grandit dans une famille normale. C'est-à-dire, comme beaucoup à cette époque, une famille qui s'aime, mais qui se déchire. Qui grandit surtout avec ses sœurs et sa mère courage. Et qui adore, oh oui, qui adore, qu'on la prenne, parfois, pour tout ce qu'elle n'est pas : une fille bien née.

Chacun porte, quelque part, tout au fond de son être, en son for intérieur, l'enfant qu'il a été. Pour ma part, il s'agit d'une petite fille qui rit, comme d'un joli tour qu'elle aurait joué à tout le monde. Vous aurais-je joué un tour ? Peut-être. Pas vraiment… mais il est vrai que l'on me prend souvent pour ce que je ne suis pas, faute d'avoir placé un énorme projecteur sur ma vie personnelle. Lors de rencontres, dans la rue, sur les réseaux sociaux ou dans la presse, combien de fois m'a-t-on prise pour une héritière, une fille née avec une cuillère en argent dans la bouche, une grande bourgeoise ? Pourtant, je n'ai jamais caché ce que je suis, d'où je viens, qui sont les miens. Profession du père : chauffeur de taxi. Profession de la mère : vendeuse de chaussures. Aux yeux de certains amis bien nés, il est vrai, je devrais rester discrète sur mes origines. Pour d'autres, à l'inverse, j'aurais tout à gagner à brandir je ne sais quelle histoire héroïque d'ascension sociale. L'époque veut cela : se mettre en scène, faire son petit *storytelling*, comme disent les experts en com', sans beaucoup s'embarrasser de la vérité. Je dois vous confesser que cela ne m'intéresse pas. Et si je vous racontais plutôt l'histoire, extraordinairement banale et banalement extraordinaire, de la petite Sylvie ?

Si je dis « banale », c'est que j'ai grandi en France à l'aube des années 1980, dans une famille qui a connu les mêmes joies et peines que de nombreuses autres : la galère, mais pas la pauvreté, les séparations qui n'empêchent pas l'amour, un quotidien secoué par les accidents de la vie, mais préservé de la violence qui envahit malheureusement tant de foyers aujourd'hui. Je m'appelle Sylvie, je suis née sous Giscard, puis j'ai grandi dans la langueur monotone d'une sous-préfecture, entre des parents qui finirent par se déchirer : quel résumé morose ! allez-vous penser. Pourtant, c'est là que tout commence, que les événements se conjuguent et s'entrechoquent pour me projeter vers l'avenir. Pour moi, la banalité, ou plutôt le refus de cette banalité, fut un déclencheur, un véritable détonateur pour dynamiter une existence dont je ne voulais pas. Oui, ici, tout commence.

Ma mère, Annick, est originaire de Normandie, plus précisément d'un village voisin d'Elbeuf. À peine sortie de l'adolescence, c'est une belle jeune femme qui, avec pour seul bagage un certificat d'études, commence très tôt à travailler au magasin La Hutte, une enseigne d'articles de sport. Elle rencontre alors mon père, également originaire d'Elbeuf. Les deux jeunes gens se mettent rapidement en couple, comprenant que partir ensemble est la seule issue pour échapper à la vie agricole à laquelle ils sont voués – surtout pour un garçon dont les péripéties scolaires ne permettent guère d'envisager un autre avenir. Leur liberté, ils la gagnent en rejoignant la chaîne de magasins André, spécialisée dans les chaussures et, après quelques années, ils donnent naissance à trois filles, dont Stéphanie, mon aînée, et Anne-Sophie, ma cadette. Chacune naît là où les mène une vie dont les premières instabilités se font sentir : l'une à Paris, les autres à Nantes, naissances séparées par une quinzaine de déménagements à Bagnolet, Villeneuve-Saint-Georges, Port-de-Bouc, Nîmes, La Roche-sur-Yon...

Par la suite, mon père se passionne pour les motos, ouvre une auto-école, dont il se lasse et qu'il revendra pour éviter de faire faillite, puis décide de devenir chauffeur de taxi aux Sables-d'Olonne, où une licence est disponible. Ma mère suit, comme toujours, sans emploi, une préoccupation constante avec trois jeunes enfants à charge. Elle aide son mari pour la comptabilité. Mais ni professionnellement ni sentimentalement n'existe entre eux la grande stabilité qui permet d'affronter les disputes et de forger un couple qui dure. Vient donc un jour où l'inéluctable se produit, mon père va voir ailleurs, un classique. S'ensuivent les mensonges, les tromperies, les reproches. J'ai 11 ans.

Blottie dans l'angle du canapé du salon, j'assiste à des scènes qui devraient être épargnées à une fillette de mon âge. Mes parents crachent injures et haine au visage l'un de l'autre, avec leurs enfants en guise de témoins. J'entends des choses très dures nous concernant, la menace de nous mettre à la DDASS, les histoires de pension alimentaire… Enfant, je n'ai que très peu de souvenirs d'une présence paternelle. Quelques bribes auxquelles se mêle un relent de mal-être, tout au plus. Souvenirs, entre autres, du moment où je souhaitais disparaître, souffrir pour mieux attirer l'attention. J'ai en mémoire les rêves que je faisais et dans lesquels je disparaissais, laissant une feuille de papier expliquant mon geste. Le geste de désespoir d'une petite fille qui ne trouvait pas sa place dans une vie qu'elle n'avait pas rêvée comme cela. De balades en famille unie ou de joies autour d'un repas, il ne me reste rien, si tant est que ces moments aient un jour existé. Je ne me souviens que de disputes, d'absences paternelles et de silences à l'occasion d'un séjour au ski, tentative ultime de sauvetage d'un couple où chacun des parents participait à des activités séparées au VVF de Super-Besse.

Ils divorcent finalement, schéma malheureusement banal, là aussi, de millions de familles. Quand ma mère demande comment s'organisera la vie des enfants, on lui répond de se « démerder ». Dans ce conflit, elle n'a pas les moyens d'avoir un avocat. L'aide juridictionnelle lui en fournit un. Absolument nul. Résultat : une petite pension totalement insuffisante pour s'en sortir. Et il faut, bien sûr, aller chercher le chèque à la station de taxis. C'est peut-être là qu'est né mon désir de devenir avocate : plus jamais ça. De cette rage de voir ma mère dans la difficulté et sans aucun soutien du système judiciaire, seule avec ses trois gosses.

Un clan de femmes

Au moment où mes parents se séparent, ma mère perd la sienne, ma grand-mère, d'un cancer. « Les emmerdes, ça vole en escadrille », comme disait Jacques Chirac. Plus de mère, plus de mari, pas de mec. Elle se retrouve seule à plusieurs centaines de kilomètres de ses frères et sœurs. Portant sur ses épaules le poids de la honte d'une femme bafouée, mêlée à celle de ne pas avoir réussi à sauver son couple. Elle est, à 40 ans, totalement seule avec ses trois gamines. Je le dis sans misérabilisme mais, à ce moment-là, oui, on ne regarde que le bas des rayons de supermarché, ceux réservés aux produits discount, on jongle avec trois francs six sous, je fais les comptes de ma mère, je connais par cœur le budget de la maison. Stéphanie, ma sœur aînée, est dans sa période ado, en veut à mes parents. Elle tente d'aller vivre chez mon père, mais il n'y a pas de place pour elle dans son nouvel appartement. Ma sœur cadette a 6 ans, elle est perdue, cela se ressent sur ses résultats de CP et on l'envoie consulter un orthophoniste. Les rôles sont vite répartis : à l'aînée le job d'accompagnement affectif de notre mère, elle lui dit : « T'es pas une ratée, tu vas t'en sortir, je vais t'aider, tu vas rencontrer des gens » ; moi, celle du milieu, la *control freak*, je me blinde et me plonge dans les comptes, les finances de la famille, le *concret* ; la troisième, nous devons la protéger émotionnellement et préserver autant que possible cette petite fille qui est encore une enfant. Le chagrin de ma mère et son combat pour tenter de garder la tête hors de l'eau pour nous élever nous contaminent, car il a fallu évidemment la porter, lui donner l'énergie de ne pas baisser les bras. Pendant plusieurs années, nous sommes une famille de femmes.

J'ai grandi aimée, entourée de ma mère et de mes sœurs. Mère qui a souffert de l'abandon puis de la honte d'être laissée, puis qui s'est focalisée sur le bien-être de ses enfants au détriment de ses propres envies, de ses propres folies. Mère qui a vécu dans le regret d'une vie conjugale dans la norme et dans la jalousie de ne pas avoir accès au même idéal de vie que ce dont elle avait rêvé. Des erreurs, elle en a fait par dizaines dans notre éducation ; très peu exigeante sur nos résultats scolaires de peur d'être confrontée à sa propre ignorance, laissant trop souvent libre cours à notre impudence, notre insolence. Mais elle nous a aimées pour deux, a essayé de nous apprivoiser le mieux possible, nous a forcées à aller de l'avant, à faire face aux obstacles et, surtout, elle nous a appris à serrer les dents, à nous endurcir, à ne pas exprimer nos doutes, nos craintes, à ne pas plier face à la critique.

J'ai donc grandi en essayant de ne pas faire trop de bruit, de ne pas faire peser un poids supplémentaire sur la souffrance de ma mère. Je n'ai exprimé aucune envie, aucune passion. J'ai juste attendu que les années passent et m'entraînent avec elles. Ma seule rébellion face à cette situation a peut-être été de m'endurcir plus que nécessaire, car la faiblesse de ma mère à certains moments m'a gênée. Pour un enfant, c'est une situation intenable. On se sent coupable de prendre le parti d'un des deux parents et, bien sûr, on se sent responsable du désastre. Ma mère n'a pas eu la force de préserver l'image du père, de sauver ce qui pouvait l'être du climat familial. Quand on croisait la maîtresse de mon père chez Leclerc, ma mère lançait : « voilà la traînée qu'arrive », avant de la courser dans les rayons du supermarché. Quand cette femme avait le malheur d'arpenter la rue commerçante de la ville et qu'elle passait devant le magasin où travaillait ma mère, elle recevait à coup sûr un « qu'est-ce que tu fais là ? », si ce n'était une bordée d'injures. Je l'aurais voulue plus forte, plus mature, alors qu'elle n'était que désir de vengeance et jalousie face à une autre femme qui ne lui arrivait pas à la cheville. Elle s'est parfois fourvoyée, rabaissée, alors que je l'aurais aimée plus noble, plus femme, plus fière… J'ai souvent été gênée par son attitude, ses mesquineries à l'égard de la nouvelle compagne de mon père.

Chaque enfant est unique et a sa propre perception des événements et des comportements des adultes. Mes sœurs et moi n'avons pas du tout réagi de la même façon. Cette éducation, ou plutôt cet accompagnement dans la vie, a fait de moi une adolescente discrète, flexible, dénuée de passions et de folies. J'ai appris mieux que personne à serrer les dents, à ne pas me plaindre, à refouler mes envies et, petit à petit, je me suis fabriqué un monde où tout devait être en ordre pour m'éviter de perdre pied. À la maison, au dire de mes sœurs, j'étais la « raisonnable », l'« insensible », la « bonne élève », la « préférée de maman »...

Il faut dire que je suis son portrait craché, et j'ai toujours eu une admiration infinie pour elle. Maman, belle femme au moment de son divorce, nous a aussi – surtout – enseigné le respect, celui des autres et de nous-mêmes. Elle aurait pu, par dix fois, nous mettre à l'abri d'un homme fortuné, mais non, ma mère était fière et je l'admire pour ça. Jamais elle ne serait allée à l'encontre de ses principes pour une vie meilleure. Elle voyait dans l'indépendance financière une sorte de salut et nous répétait sans cesse de ne jamais devenir dépendante financièrement d'un homme. Ma mère réussit à trouver un travail dans cette petite ville où nous habitions, un travail de vendeuse dans un magasin de chaussures des Sables-d'Olonne, auprès de patrons bienveillants qui lui ont tendu la main. Du divorce, elle n'a gardé qu'une maison en viager, dont le simple loyer mensuel l'obligeait à travailler sans relâche du lundi au samedi, sans espoir de vacances en famille. Autant vous dire que les séjours au ski ou au soleil ne faisaient pas partie de notre vocabulaire. J'ai vite appris à devenir économe, à ne pas céder au superflu et à toujours avoir les économies nécessaires en cas de coups durs. J'ai appris à ne jamais me reposer sur les autres. La confiance en soi, c'est un choix que l'on fait. C'est une décision comme une autre, souvent dictée par la nécessité. La confiance en soi, c'est juste savoir que l'on est la seule personne sur qui on peut compter. C'est une des leçons que j'ai retenues de ma mère : son histoire est devenue sa citadelle, à la fois imprenable et terriblement solitaire.

Quelques hommes sont tout de même entrés dans notre foyer, je n'en ai connu que deux avant la rencontre avec Éric, qui devint mon beau-père et avec qui maman partage toujours sa vie aujourd'hui. S'ils ont été plus nombreux, je n'en ai rien su, ma mère a eu cette délicatesse de nous tenir à l'écart de cela et je ne l'en remercierai jamais assez. Je pense que c'est ce qui nous a sauvées, à l'époque. Il est certain que je n'aurais pas pu supporter le poids des rumeurs de cette ville de 15 000 habitants. Je pouvais fièrement lever la tête, car ma mère était exemplaire…

Un monde nouveau

Les réunions de famille, ce sont surtout les réunions du clan. Il y a bien sûr ma mère et mes sœurs, mon socle féminin, mais aussi les frères et sœurs de ma mère. Ils nous soutiennent, même si c'est pénible d'être un peu la branche Caliméro de la famille. Il faut dire qu'ils ont tous réussi : une tante s'est mariée avec un ingénieur et a repris ses études, une autre possède avec son mari une belle boucherie-charcuterie, et les deux frères de ma mère, mes oncles, sont des agriculteurs qui travaillent dur. Pour autant, on ne se sent jamais méprisées, ce sont toujours des moments bienveillants. De toute façon, avec nos caractères, mes sœurs et moi n'aurions jamais accepté de voir notre mère se faire marcher sur les pieds. Une tante va jouer un rôle particulier dans mon parcours : Françoise, celle qui a épousé un ingénieur. Ensemble, ils ont deux enfants, mais mes cousins ont un assez large écart d'âge entre eux. À l'inverse, une année seulement me sépare du plus jeune. Françoise prend cela comme un prétexte pour m'inviter chez eux, en sorties, en vacances. Ils partent au ski, totalement inabordable pour nous ? Françoise propose que je les accompagne, toujours avec tact et élégance : « Oh, Pierre va s'ennuyer, Sylvie ne pourrait pas venir avec nous ? » Évidemment, Pierre n'aurait pas eu besoin de moi pour s'occuper, même si je suis aussi, pour ma part, plutôt un bon exemple pour lui de gamine autonome.

Mais c'est une très jolie façon pour ma tante d'être généreuse avec ma mère. Et un coup de bol inespéré pour moi qui apprend, voyage, découvre un tout autre milieu. Tata Françoise n'a pas eu de fille et elle est très *girly*, alors elle m'emmène aux 4 Temps, à la Défense, acheter des petits hauts blancs. Tonton Albert est très brillant et très cool. Pourquoi le cacher : je suis fascinée par ces gens si différents de moi, de nous. Je leur renvoie aussi ce bonheur qui me traverse quand je suis avec eux. La bourgeoisie, parisienne de surcroît, est-ce que cela me tourne la tête ? Oui et non, je me dis simplement que c'est chouette d'avoir de l'argent. D'ailleurs, je partage mes réflexions sans filtre sur le sujet. Un jour, je demande cash à Tonton, cadre dirigeant dans une grande entreprise, combien il gagne : 50 ou 60 000 francs. Je suis sidérée : ça existe, des salaires comme ça ? Ce jour-là, je me dis : quand je gagnerai 50 000 francs, j'aurai réussi ma vie. Ce n'est pas une histoire de Rolex, je n'ai jamais été fascinée par le bling-bling, mais une histoire d'objectif, de *target*, de but dans la vie. Cette gamine a besoin d'un but qui semble extraordinaire, presque inatteignable. Car mon quotidien est moins marqué par la pauvreté que par la banalité : comme beaucoup de Français, ma mère bosse au SMIC, le couple de commerçants qui lui a donné du travail dans son magasin de chaussures m'embauche d'ailleurs aussi plus tard. On a de quoi avoir quelques loisirs, faire du sport et, si on va à l'amicale laïque, c'est surtout parce que c'est pratique. J'ai pas de traumatisme, on n'était pas malheureux, mais mon oncle et ma tante m'ont montré quelque chose de désirable, une raison de me battre.

Est-ce aussi pour cela que, plus tard, je m'engage tête baissée dans Miss France ? Pour aller toucher du doigt ce que je n'ai pas ? Oh, la belle robe ! Oh, les voyages ! Retrouver la sensation découverte chez ma tante quelques années plus tôt, en quelque sorte ? Peut-être. Sûrement, même. Quand je m'inscris à Miss Vendée, on me fait essayer des robes de mariée. Pendant les essayages, la petite Sylvie se dit : « T'auras jamais les moyens de t'acheter une robe comme ça ! » Le premier prix apporte 1 000 francs et un voyage en Tunisie. Moi, je n'ai jamais pris l'avion ! Oui, j'ai envie de toucher ce luxe, au moins un peu. Je crois que je le fais pour ça. Je le fais pour moi : moi aussi je vais porter des beaux bijoux, moi aussi je vais chez le coiffeur, moi aussi on va me maquiller. Moi aussi ! Moi aussi ! Moi aussi ! Chaque transfuge de classe, puisque c'est comme ça qu'on nous appelle, a ses propres motivations. Pour certains, c'est l'argent, la réussite financière, le bel appartement, la grosse voiture. Cela ne m'a jamais vraiment fait courir, au-delà des fameux 50 000 francs de Tonton. Pour d'autres, c'est la reconnaissance sociale, être accepté dans des cercles fermés, faire partie de l'entre-soi bourgeois. Pour d'autres encore, c'est l'apparence, la célébrité, la gloire. Quelle était ma véritable motivation, en observant ces années décisives avec le recul de la maturité ? C'était d'échapper à l'inquiétude du lendemain : je voulais le luxe de la stabilité, une famille qui ne soit pas obsédée par la fin du mois. Mais je désirais aussi faire quelque chose qui serait reconnu, utile, tangible. Le tout en faisant dire aux gens : « Quelle femme chic et élégante ! » Bref, je voulais tout, et si je pouvais parler à la jeune fille que j'étais à 20 ans, je lui dirais : tu as raison ! Je le dis aussi aux jeunes femmes d'aujourd'hui : voulez tout, vous aussi, et donnez-vous les moyens de l'atteindre !

Papaoutai

Et mon père dans tout cela ? Un homme divorcé comme beaucoup d'autres. De souvenirs chez lui dans son nouveau foyer, je n'en ai que très peu. Normal : en quatre ans, il a dû nous accueillir quatre jours au total, et encore, pour nous assommer d'histoires à charge contre ma mère. Avant même qu'il ne décide de déménager à plus de 500 kilomètres de là où nous habitions : la messe est dite, il ne sera plus jamais confronté à l'obligation de passer du temps avec nous, il n'est plus disponible pour sa vie d'avant.

Est-ce que je lui en garde rancune ? Oui et non… Lui en vouloir signifierait qu'il était capable de mieux, ce dont je doute fort. Il a préféré croire qu'il réussirait à être heureux ailleurs, dans une autre vie, avec une autre femme, en fondant une autre famille. La seule chose que je pourrais lui reprocher, c'est d'avoir voulu des enfants. Devenir parents n'est pas un acte innocent et gratuit, il faut aimer ses enfants, les accompagner dans tous les moments de leur vie, leur transmettre des valeurs. Et parce que les couples ne sont pas tous infaillibles, il faut garder à l'esprit que concevoir un enfant vous oblige envers lui pour toute la vie. C'est peut-être la seule chose que l'on ne peut pas balayer du revers de la main, sans se retourner. Comment voulez-vous qu'un enfant prenne confiance en lui et s'épanouisse dans la vie s'il ne se sent pas désiré, choyé ?

J'ai toujours tenté de conserver quelques relations avec mon père, mais il ne sait pas communiquer, écrire, dire les choses. Physiquement, je ressemble trait pour trait à ma mère, émotionnellement aussi. À chaque fois que je suis avec mon père, il me dit : « On dirait ta mère », avant de refaire le match de leur séparation, énumérant tous ses défauts. Et moi, je prends bien sûr son parti à elle. Pourtant, j'essaie des choses, je tente de garder le contact, mon fils aîné le connaît. Il est venu au baptême de ma fille. Mais, pour les enfants, Papy, c'est Papy Éric, mon beau-père. Mon père est venu aussi à mon premier mariage, où il a ignoré ma mère. C'est Éric qui m'a accompagnée à la mairie, et mon père à l'église. Pour autant, c'est étrange, malgré l'affection immense que je lui porte, je n'ai jamais appelé mon beau-père « papa ». Peut-être parce que, à 10 ans, lorsque mon père biologique nous a quittées, j'ai juste fermé la porte à clef et fait – c'est terrible à formuler – le deuil d'un père qui est pourtant encore vivant.

Un événement symbolise cette petite mort de notre relation père-fille. Le soir de mon élection Miss France, il n'est pas là, à Mulhouse. Il sait pourtant que je participe au concours. À l'époque, il faut payer sa place, même les parents. C'est une des premières choses que je change quand je deviens directrice du concours : les parents seront invités, c'est un moment trop important pour le rater, et on oublie parfois que c'est aussi un ascenseur social pour des familles modestes. Quant à mon père, donc, il ne vient pas. Je remporte le concours et passe la nuit dans un magnifique Relais & Châteaux. Au matin, le téléphone de la chambre résonne. C'est le tout premier appel de cette journée qui s'annonce magique. Au bout du fil, le sourire de la réceptionniste :

« Bonjour, Miss France.

– Oui… (Je pétille de joie en l'entendant m'appeler par mon nouveau titre.)

– Monsieur Tellier, votre papa, au téléphone.

– Euh… »

Après un flottement d'hésitation, je prends l'appel :

« Bonjour, ma fille, c'est papa, je suis tellement fier de toi.

– Merci, je ne m'attendais pas à gagner, c'est encore irréel…

– Quand est-ce que l'on se voit pour fêter ça ?

– … mais je ne te le dois pas à toi, je le dois à maman, donc là, ça va être son année, je reviendrai vers toi, mais quand l'année sera terminée. Tu ne peux pas profiter de ça, je ne peux pas te laisser en profiter. »

Il m'en a énormément voulu, mais j'ai tenu promesse et je suis retournée le voir une fois mon année de Miss France achevée. Je le répète : en matière de famille, tout est question de vécu et de point de vue. Quand on se retrouve mes sœurs et moi, qu'on se lâche après quelques verres, entre deux rires, la benjamine est catégorique : Éric est son père, quand notre aînée et moi le voyons comme notre beau-papa. Elle ne veut même plus porter le nom de Tellier, alors que j'ai gardé ce nom même après mon élection et mon mariage, avec cette coquetterie ancienne empruntée aux avocates de le placer devant mon nom de femme mariée. Ma mère, elle, a dû demander au tribunal de pouvoir conserver ce nom d'épouse pour s'appeler comme ses filles et, paradoxalement, comme cet ex-mari avec lequel elle n'avait plus rien en commun. L'âge, la place de chacun dans la fratrie ou la famille, modifient beaucoup la vision qu'on peut en avoir ! On peut aussi être tiraillé : j'ai longtemps été partagée entre un héritage très patriarcal, garder le nom du père, et une pratique en fait très féministe, qui fut de garder mon nom de naissance toutes ces années, y compris face à l'abandon du père ou après m'être mariée. Et à la fin, c'est grâce à moi que son nom brille un soir d'élection sur TF1.

Au point qu'il m'est arrivé une désagréable anecdote, lorsque mon père a voulu qu'une autre Tellier devienne Miss France. Eh oui, cela ne s'invente pas : lorsqu'il refait sa vie, sa nouvelle compagne lui donne… une quatrième fille, Delphine. Nous allons à la maternité mes sœurs et moi, nous sommes adolescentes et nous moquons gentiment les unes des autres : « Tiens, toi, prends-la, c'est ta sœur. Non, tiens, c'est la tienne. » En dehors des idioties d'ados qui cachent leur gêne sous des airs de chipies, les liens sont bien sûr plutôt distendus, en raison de notre différence d'âge, de l'éloignement géographique et de nos relations pénibles avec notre père. Sa fille est sa petite merveille. Cerise sur le gâteau : mon père ne m'a jamais invitée à son mariage, ni mes sœurs, événement dont nous avons pris connaissance au détour d'une conversation. J'essaie néanmoins d'entretenir des liens, cette enfant n'a rien fait à personne, c'est ma demi-sœur et j'ai moi-même des enfants issus de pères différents. Je l'invite à mon premier mariage, et je lui propose de vêtir une robe violine que je portais à Miss France. Elle a 15 ans, elle est adorable et son envie d'intégrer notre fratrie est touchante.

Devenue jeune adulte, elle désire me présenter son nouveau compagnon : un ancien candidat de la « Star Academy » ! Mon père, qui a encore bougé, dans le sud-ouest de la France cette fois, est sûrement très content de cet amoureux vecteur de notoriété. D'autant qu'à la même époque, il me demande comment Delphine peut... entrer dans le monde des concours de beauté. La situation se gâte lors de mon mariage avec Laurent. J'invite mon père, qui décline au prétexte que c'est la saison sur la côte basque et qu'il a un bar-tabac. Nous avons décidé Laurent et moi de faire un petit mariage, les pieds dans l'eau, avec uniquement les personnes que nous connaissons. J'invite bien sûr Delphine, qui exige cependant de venir avec son compagnon, que ni moi ni Laurent ne connaissons (la rencontre n'a jamais eu lieu). Il ne trouve rien d'autre à faire qu'aller se répandre sur le plateau de « TPMP » en déballant des pseudo-scandales. Quant à mon père, je lui fais remarquer qu'en quinze ans d'exposition médiatique je n'ai jamais raconté quoi que ce soit sur son comportement avec sa femme et ses filles. « Faut comprendre que, pour moi, tout ça a un impact dans ma vie professionnelle, dans ma vie personnelle, dans la vie de mes enfants avec leurs copains à l'école. C'est du délire, quelqu'un qui se répand en disant que je suis très méchante parce que je ne l'ai pas invité à mon mariage ! » Delphine, de son côté, ne fait rien pour calmer son compagnon, qui pense avoir trouvé un sujet croustillant pour se faire inviter à la télévision. Lorsque je l'appelle, l'échange est houleux :

« On peut essayer de se tenir, de ne pas s'afficher en public, de garder un peu de dignité. Le linge sale se lave en famille. Pas la peine que ton petit ami se répande avec mon nom sans cesse à la bouche.

– Ben justement, ce nom…

– Quoi ?

– Il est à qui, ce nom ? Tu pourrais remercier ton père.

– Écoute, tu n'as jamais vécu ce que ma mère et nos sœurs ont vécu, tu n'en sais même rien. Ce nom, celle qui l'a porté là où il est aujourd'hui, c'est uniquement moi. »

En raccrochant, j'ai senti que ma patience avait trouvé ses limites et que cette partie de ma famille était, pour un temps au moins, rayée de mon existence.

On m'a même demandé récemment pourquoi mon père ne m'avait jamais fait une « Meghan Markle » en vendant une interview trash sur notre histoire familiale. D'abord parce que j'espère qu'il m'aime et me veut moins de mal que Thomas Markle à sa fille. Ensuite parce qu'il n'y a rien de croustillant à raconter. Et enfin parce qu'il y a vingt ans la vie privée des Miss n'intéressait personne. On nous demandait si nous avions des petits copains, cela, oui. Ou on nous demandait de poser nues, ça, oui, ça intéressait le public. Mais les cadavres dans les placards familiaux, pas du tout. Il n'y avait pas encore de télé-réalité, Miss France était la seule émission où l'on devenait connue du jour au lendemain, mais sans être une star pour autant. On était des petites princesses inoffensives, qui ne dérangeaient pas grand monde dans un pays qui avait décapité son roi il y a fort longtemps. Donc personne ne nous voulait de mal, à part cette tentation de nous sexualiser.

Tout cela est bien malheureux, mais mon père n'a jamais su s'y prendre. Le plus déroutant est que, quand mes parents divorcent, je suis la seule à aller encore en vacances chez mes grands-parents paternels, et ce jusqu'à mes 13 ou 14 ans. J'ai beau être une gamine polie et plutôt facile, chez mes grands-parents paternels les règles de la maison sont déconcertantes : le matin, interdiction de sortir de sa chambre avant 10 heures, il faut y patienter avec un livre ; ensuite, sortir de la chambre en oubliant de dire « bonjour Mamie » vaut d'être privé de petit-déjeuner. Tout est un peu comme au service militaire dans cette maison de Bagnoles-de-l'Orne tenue à carreau par mon gendarme de grand-père et son épouse qui régente tout. Bizarrement, c'est aussi un moment où j'échappe à la promiscuité avec mes sœurs. Je cesse d'y aller quand je commence à prendre des jobs d'été. Je suis aussi alors en âge de comprendre que ma grand-mère paternelle saisit chaque occasion de saper l'image de ma mère auprès de moi.

On ne peut pas comprendre notre histoire familiale sans donner une clef que j'ai toujours du mal à dévoiler, une blessure intime qui a certainement influé sur la vie de plusieurs générations.

Cette clef, c'est la maltraitance. Le père de mon père, gendarme donc, avait (selon l'histoire familiale) un comportement extrêmement brutal. Ce passé est traumatique. Je ne cherche d'excuse à personne, j'explore ce passé familial auquel il n'est pas aisé de se confronter. Et une question me taraude, en même temps qu'elle me console, paradoxalement : peut-on reprocher à quelqu'un de ne pas aimer si on ne lui a pas appris l'amour ?

À l'inverse, avec ma mère et mes sœurs, dans notre maison simple, le véritable luxe résidait dans l'amour. Ma mère, source inépuisable d'inspiration, incarne la force, la résilience et la grâce, mais aussi la persévérance et l'honnêteté. Elle m'a enseigné des valeurs précieuses qui ont guidé ma trajectoire, même lorsque j'ai été élue Miss France en 2002. Maman, par sa détermination, m'a montré que les circonstances, les obstacles, les accidents de la vie ne doivent jamais définir nos rêves. Elle m'a encouragée à croire en moi-même, à travailler dur et à embrasser chaque chance qui se présentait à moi. La vie m'a offert celle de devenir Miss France, mais c'est grâce aux enseignements de ma mère que j'ai pu rester fidèle à mes racines tout en évoluant dans le monde glamour des concours de beauté. Mon parcours, malgré ses moments éblouissants, n'a pas été exempt de défis personnels. Cependant, avec le recul et l'expérience, je sais que mes origines modestes n'ont jamais été un frein, mais plutôt un catalyseur de détermination. Le hasard a placé sur mon chemin des opportunités et des rencontres qui ont façonné mon destin, mais ce sont l'amour et les valeurs inculquées par ma mère qui ont guidé chacun de mes pas. Et vous, qu'est-ce qui guide vos pas ?

Préjugé n° 2

Miss intello, mission impossible

Où je rappelle que, entre un joli corps et un beau diadème, il y a toujours… une tête ! Et même parfois une forte tête. Où l'on parle aussi de pulls Oxbow, de Pierre Bourdieu, de mon copain Sandy et des années lycée. Dans ma tête de jeune fille, pour échapper à la fatalité : des rêves de robes d'avocate plus que de robes de princesse. Dans ma tête de femme : l'envie folle de déjouer les clichés sur les Miss forcément écervelées. Parce qu'il ne faut pas croire : reine de beauté peut tout à fait rimer avec culture G.

Si l'on m'a souvent prise, à tort, pour une fille née avec une cuillère en argent dans la bouche, le principal cliché sur les Miss m'a bizarrement été épargné. La plupart des Miss doivent, depuis toujours, composer avec l'image, injuste et réductrice, de jolies idiotes dont le cerveau serait étrangement vidé par le port de la couronne. L'illustration parfaite du « sois belle et tais-toi ! » J'ai d'ailleurs le souvenir de certaines manifestations de féministes radicales aux abords de la finale ces dernières années, aux cris de « On n'est pas des dindes ! » Drôle de solidarité féminine…

Sait-on seulement que Marine Lorphelin a suivi un cursus de médecine, qu'Iris Mittenaere cumule (excusez du peu) Miss Univers et chirurgie dentaire, que Rachel Legrain-Trapani était en hypokhâgne lors de son élection, que Laury Thilleman et Camille Cerf sont diplômées de bachelors d'écoles de commerce et Malika Ménard du CFPJ, célèbre école de journalisme ? Quant à Corinne Coman, orientée vers le droit comme Maëva Coucke ou moi, elle ne possède pas moins de deux masters ! On dirait parfois que le monde a du mal à concevoir qu'une Miss puisse être autre chose qu'une silhouette gracieuse souriant bêtement devant une caméra. Eh bien, que les sceptiques se détrompent ! Derrière chaque sourire éclatant, il y a des femmes qui pensent, qui rêvent, qui doutent aussi, à force d'être confrontées à ce stéréotype désuet. Non, être Miss ne signifie pas abandonner son intelligence à la porte du concours. Je crois même intimement que c'est tout l'inverse, car il s'agit autant d'un concours de beauté que d'un concours de caractère, de brio, de personnalité. D'ailleurs, la mentalité, le mental sont au cœur de la fameuse *présélection*, cette étape au cours de laquelle, depuis les années 80, le jury désigne les finalistes du concours.

Mettez-vous un instant dans la peau d'une candidate. Deux chaperons évaluent votre progression et votre attitude pendant toute la phase de préparation : avez-vous été bonne camarade avec les autres prétendantes ? Prenez-vous votre futur rôle au sérieux ou multipliez-vous les retards et les écarts ? Puis, le jour venu, vous devez défiler en robe et en maillot, ainsi bien sûr que répondre à diverses questions. À mon époque, tout se jouait lors de cet entretien crucial, je me souviens de la pression énorme qui pesait sur mes épaules. Mais poursuivons : le jury examine vos notes dans différentes épreuves (culture générale, art de défiler ou « catwalk », etc.), évalue votre éloquence et votre motivation. Au fond, désirez-vous vraiment, plus que les autres, devenir Miss France ? Dans la pièce où les membres prestigieux du jury vous auditionnent, vous ne pouvez compter que sur vous-même, vous, cette jeune fille qui n'a pas encore eu le temps de découvrir le monde. Certaines concurrentes craquent, d'autres se révèlent. Serez-vous parmi les douze finalistes ? Vous ne l'apprendrez qu'en direct sur TF1, lors du grand soir. Alors, après avoir traversé ces épreuves, douteriez-vous des capacités des Miss ?

Heureusement, les choses changent, et vous êtes nombreuses et nombreux à vous passionner depuis longtemps pour ces brillantes trajectoires de jeunes femmes qui cassent les préjugés. En ce qui me concerne, j'ai eu la chance de ne pas être trop considérée comme une jolie écervelée, on m'a plutôt vue comme une Miss un peu intello, différente… mais il s'agissait parfois davantage d'une critique que d'un compliment ! Je serais tentée de dire que tout commence le jour où on met les candidates de ma promotion en rang d'oignons et qu'on nous tend un contrat de cession de notre droit à l'image pour soixante-dix ans. « Vous signez là. » Je revois encore leurs yeux exorbités quand, moi, qui prépare alors le concours d'avocat, je leur demande simplement de le lire, crime de lèse-majesté. À compter de ce moment, c'est fini : je suis considérée comme la « chiante ». Dès l'origine, je ne suis pas dans le moule, je suis un peu plus âgée et ne rentre pas tout à fait dans le cadre. Dans ma promo, les filles sont sympathiques, mais un malentendu va très vite s'installer. Il faut se replonger dans le voyage collectif de cette année-là, au Maroc. Étudiante en droit, j'essaie de suivre l'actualité, notamment juridique. On ne dispose bien sûr pas d'Internet partout et tout le temps comme aujourd'hui. Je demande donc la presse à la réception de l'hôtel. Une concurrente l'apprend, et s'empresse d'en informer les autres sur le mode « regardez, elle lit *Le Monde* pour bien montrer comme elle nous méprise ». Là, je comprends que le voyage va peut-être s'avérer plus difficile que prévu. Pourtant, pour être entièrement sincère avec vous, je crois que tout s'est joué longtemps, bien longtemps avant ce moment.

Rêver plus grand que soi

Avant de me lancer dans l'exercice solitaire de l'écriture, j'ai parlé à ma mère de mon envie de coucher sur papier ma vérité. Elle m'a répondu par l'évocation d'un souvenir, une de ces blessures que les enfants infligent aux parents sans s'en rendre compte, et que ces derniers enfouissent dans les replis de leur amour inconditionnel. Elle me revoyait, adolescente, lui assénant que je ne voulais pas de sa vie. Avec le recul, ces mots me semblent d'une violence inouïe. Ma mère les entend autrement, sans les prendre mal, car elle n'y a, affirme-t-elle, perçu aucun dégoût, mais plutôt une ambition de voir plus grand, de quitter ma province pour aller découvrir le monde, de donner un sens à ma vie. C'est l'éternelle interrogation qui étreint les jeunes existences : quel est le sens de ma vie ? Que vais-je en faire ? Est-ce que je vais avancer dans le sillage de mes parents ou est-ce que, au contraire, je connaîtrai d'autres choses, réaliserai d'autres rêves ? Une mère sent cela chez son enfant. La mienne, en tout cas.

Il fallait que je fasse des études, il fallait que j'arrive à sortir de cette vie d'ouvriers, d'employés, pour laquelle j'ai un immense respect, mais à laquelle je n'aspirais pas. Encore aujourd'hui, je sais que j'en conserve quelques stigmates. J'ai, par exemple, la plus grande admiration pour les amateurs de musique, une culture qui me manque parfois, car nous pensions (à tort !) que cela n'était pas « fait pour nous ». Mais je voulais faire des études, être instruite et, de façon diffuse, faire *quelque chose*, sans trop savoir quoi. Un jour, j'ai demandé à ma mère la définition de « postérité ». Sa réponse, simple, carrée, comme toujours : « On est plein de milliards sur terre. On va naître. On va travailler pour gagner de l'argent, pour dépenser, pour faire des enfants. Et puis on va mourir. » Cela m'a paru triste à en pleurer. Je me suis alors dit : moi, je vais faire un truc pendant ce laps de temps, je ne dis pas que je vais changer l'Histoire, mais je veux faire quelque chose qui sorte de l'ordinaire. J'en ai toujours été convaincue. Donc il me fallait faire des études, soit pour être une grande avocate, soit pour devenir autre chose, mais quelque chose de différent, de plus grand que ma vie ; évidemment, à l'époque, je ne pense pas un instant à Miss France.

À l'aube des années 1990, donc, je suis cette collégienne qui voit sa famille se désagréger. Dans le jugement de divorce, il est prévu que mon père paie une pension jusqu'à mes 18 ans ou… jusqu'à la fin de nos études. Un jour où il vient donner son chèque à la maison, je surprends une conversation. « Et si les filles veulent faire des études ? » lui demande ma mère. Il lui répond alors : « T'as qu'à les mettre en BEP sanitaire et social. » J'entre dans le salon, je le fixe et lui lance : « C'est quoi, les plus longues études ? Médecine, droit ? Eh bien, tu sais quoi ? Rien que pour te faire ch*** je vais faire les deux ! » Je n'ai pas tout à fait mis ma menace à exécution puisque je n'ai pas fait médecine, mais, quelques années plus tard, je me retrouve bien en droit après mon bac et toujours avec le même problème de pension. Mon père a pourtant refait sa vie en Normandie, où il dirige un hôtel.

À l'adolescence, j'ai appris à jongler avec les différences sociales. Dans une ville de province comme la nôtre, il y a toujours le collège privé où il *faut* être. Maman a fait le sacrifice de nous le payer. Toutes les filles ont des scooters, des pulls Oxbow, Sun Valley ou Chevignon. Ce sont toutes des enfants de notables, professions libérales, grandes familles de la région. Je ne ressens pas de jalousie, mais plutôt une forme d'admiration, d'étonnement, d'émerveillement parfois, face à ces nouveaux milieux que je découvre. Évidemment, j'aurais pu me dire chaque matin : « Toi, t'es fille de qui ? Ta mère te coud tes fringues… » Et c'est vrai que Maman confectionne nos tenues elle-même, scrutant le prix du mètre de tissu le samedi matin au marché, chez Hubert Tissu. Elle éprouve le plus grand des plaisirs lorsqu'elle arrive à me copier le patron d'une robe que j'ai vue en photo dans les magazines. Elle est si talentueuse dans ce domaine ! Alors, non, je n'ai pas de quoi rougir, je me glisse, avec des hauts et des bas, mais toujours avec une envie de progresser, dans cette nouvelle réalité. Maman fait de la couture, elle est douée, alors nous sommes super-élégantes. Et même si à 13 ans on veut désespérément être cool, parfois ressembler à la fille qui peut s'offrir la plus belle paire de jeans, grâce à ma mère, moi, je me sens belle.

Mon envie d'évasion et de grandes échappées, et surtout le fait d'être séparée de mes meilleures copines par la fin du collège, me conduisent dans un lycée public, à quarante kilomètres de la maison. L'échappée tourne court. L'internat est dur, les filles sont dures, beaucoup ont de graves problèmes familiaux et certaines sont violentes, la promiscuité est invivable dans les grands dortoirs. Certaines mangent du savon le lundi soir en arrivant à l'internat pour se rendre malades et rentrer chez elles, d'autres passent leur vie en anorak parce qu'elles sont trop pudiques pour la vie collective. Nous sommes surveillées par une « pionne » au bout du couloir qui nous explique rester trois semaines sans se laver les cheveux et que nous ne comprenons rien à la régulation du sébum. J'en ai assez rapidement marre de me faire piquer ma brosse à dents, la solitude me pèse autant que cette vie de caserne, je décide de finir les années lycée aux Sables. Là, Sandy, un copain de notre bande, m'appelle « Miss Monde » et je me prends parfois une remarque du genre (désolée pour la vulgarité) : « Hé, tu vas le casser, ce balai ? » Ma mue commence : je tiens à être élégante, toujours nickel, un peu starlette. Plutôt première dans mon village que deuxième à Rome, comme dit le proverbe. Aux dires de mes camarades de classe, je suis un peu « pimbêche ». Évidemment, ils ne peuvent pas comprendre, nous sommes si jeunes, mais quelle meilleure arme que de prendre le contre-pied de ce que l'on ressent pour tenter de faire bonne figure ? Un excès de confiance me permet sans doute de masquer les émois de l'adolescence, une certaine timidité, une personnalité qui se cherche… Bref, une vie d'ado ! Oui, voilà toute l'histoire de mon adolescence, qui ressemble à tant d'autres : une histoire d'entre-deux, de jeune femme tiraillée entre ce qu'elle est et ce qu'elle voudrait être, ou plutôt ce qu'elle est en train de devenir. Tout change autour de moi, et en moi bien sûr. C'est effrayant et grisant à la fois de tâtonner, de construire sans trop le savoir l'adulte que l'on sera. Avec le recul, je ne crois pas que la Sylvie de 14 ou 15 ans est alors mue par une soif de revanche sociale, mais plutôt par un immense appétit de découvrir le monde, comme l'impatience qui vous envahit avant un grand voyage qui tarde à commencer.

Avant de prendre mon envol, pendant ces années collège et ces années lycée se succèdent tout de même des petits boulots en tous genres. C'est simple : jusqu'à mes 18 ans dans cette station balnéaire, je ne passe pas un seul été à la plage avec mes copines. Dès que je suis en vacances, je travaille. Vendeuse de glace, employée au tennis, animatrice en grande surface, puis croupière au casino et hôtesse vestiaire en discothèque. Dès que j'ai 14 ans et la possibilité de me faire embaucher pour gagner un peu d'argent, je fonce. Si aujourd'hui, en tant que parent, je dois m'interroger sur le montant d'argent de poche raisonnable à donner à mes enfants, à l'époque ma mère n'a pas à se poser de questions : elle ne peut rien nous donner. Je ne lui en veux pas puisque nous faisons les comptes de la maison ensemble et je vois bien que boucler le mois est un véritable challenge mensuel. Lui réclamer quelque chose serait indécent, puéril, alors qu'elle-même ne s'accorde aucun plaisir, aucun extra. Quand j'y réfléchis avec mes yeux de quadra, je me demande comment elle réussissait alors à trouver le temps pour faire tout ça. Le boulot, le ménage, le repassage, la couture, aucun loisir, elle vivait juste pour nous. Même à des années de distance, j'avoue avoir du mal à écrire ces lignes sans une intense émotion. Donnons, d'ailleurs, la parole à Maman, qui raconte sa propre version de ces années : « Sylvie avait un but, un objectif. Elle voyait bien que ma vie était un peu, disons, difficile. Non seulement elle travaillait, elle était consciencieuse à l'école, mais ses petits boulots la préparaient selon moi pour la suite. Elle a défilé au casino Les Pins, aux Sables-d'Olonne, pour un commerce de maillots de bain. Un autre de ses patrons lui a proposé de défiler au Salon du prêt-à-porter, à Paris. C'est drôle : bien que très réservée, voire timide, elle avait déjà l'air faite pour ça ! »

« T'as de la tchatche, t'es intelligente et pas vilaine »

Je suis scolarisée au lycée Bleu des Sables-d'Olonne, qui affiche, à l'époque, un taux de réussite au bac catastrophique. Mais, là, je rencontre un prof d'éco, disons, très… rouge. S'il avait pu avoir un drapeau du Che au-dessus de son bureau, il l'aurait sans doute affiché. Comme souvent dans ma vie, ça matche avec cet enseignant si différent de moi. Je ne suis pas femme de conflit, mais j'adore le débat, et quand il nous parle de Marx, je l'écoute, mais je me dis que, quand on est pauvre, on a quand même bien envie d'avoir un peu de propriété privée, quelque chose à soi, juste à soi. Un jour, il nous explique la théorie de la reproduction sociale du grand sociologue Pierre Bourdieu. Dans un énième mouvement de provocation, il demande aux élèves fils et filles d'ouvriers et d'employés de lever la main. Puis nous explique quelques instants après que nos chances de devenir plus tard des cadres dirigeants sont proches de zéro. Je me sens humiliée, rabaissée, et surtout condamnée, cela me met dans une rage folle : je ferai tout pour déjouer cette fatalité.

Cette année-là, je passe le bac éco option éco et je l'obtiens grâce, justement, à l'économie. C'est alors que ce professeur passionnant me donne un précieux conseil : au lieu d'aller vers une fac d'économie, où les maths se pratiquent à haute dose, autant tenter le droit ou une école de commerce : « T'as de la tchatche, t'es intelligente et pas vilaine. » À l'époque, un prof peut encore parler comme ça à une élève… Dans un forum d'orientation, je rêve quelque temps devant les brochures d'écoles de commerce. Puis je vois les frais d'inscription. Inabordables. Ce sera direction la fac de droit avec ma petite bourse, et ce sera très bien, car j'adore l'idée de plaider et de jouer les justicières. À dire vrai, cela soulage aussi les finances de la famille : ma mère a dû aider mes sœurs, aux parcours scolaires plus originaux que le mien. Elle se dit que je vais bien pouvoir me débrouiller : « Je suis très fière que tu aies eu ton bac, mais je ne peux pas t'aider. Je peux juste te donner la pension de ton père. » C'est donc un paradoxe : quelque part, c'est grâce à l'argent de cet homme qui n'a jamais été là pour moi que je peux me lancer dans les études.

Cette période est un condensé d'émotions. À la veille de mes 18 ans, Colette, la maman de mon petit ami de l'époque, m'incite à m'inscrire à l'élection de Miss Vendée, qui a lieu chaque année dans la petite ville d'Aizenay, à vingt kilomètres de l'endroit où j'habitais. N'ayant pas de fille, elle-même très coquette et relativement fan des concours de beauté, elle a dû percevoir en moi le potentiel d'une future Miss ou elle a tout simplement compris que j'aimais me fixer des défis. Comme pour beaucoup, l'élection de Miss France est un rendez-vous télévisé familial que je partage avec mes sœurs et ma mère chaque année. Un conte de fées réservé aux autres, mais que la télévision fait entrer dans nos salons au mois de décembre. À ce moment précis, je rêve d'une autre scène, celle des palais de justice, portant une autre robe et menant de façon théâtrale ma plaidoirie pour défendre la veuve et l'orphelin. Mais j'avoue que, lorsque Colette me révèle les lots qu'une Miss Vendée peut remporter, l'idée de me retrouver le temps d'une soirée coiffée, maquillée et portant une robe élégante pique ma curiosité. C'est ainsi que je réussis à embarquer avec moi mon amie Karine dans cette aventure un peu loufoque. Lorsque, aujourd'hui, nous nous remémorons cette soirée, elle, plutôt de nature introvertie à l'époque, ne m'est pas reconnaissante de l'avoir poussée à se présenter devant cette salle au public déchaîné, un samedi soir d'hiver, avec des bouclettes plein la tête et des chaussures qui lui cisaillaient les orteils. On a beau être ambitieuse, l'idée de se retrouver seule dans une telle aventure est terrifiante. Nous nous sommes donc fait une promesse : peu importe l'issue du concours, si l'une des deux l'emporte, elle partagera ses lots et c'est ainsi que nous nous offrons une semaine de vacances avec les gains de la couronne de Miss Vendée ! Sans grande surprise, maman a passé des heures à me confectionner une robe avec le tissu acheté chez Hubert. Cette robe, je l'adore, c'est une partie de Maman qui défile avec moi ce soir-là et je pense que c'est ce sentiment de fierté qui m'a fait relever la tête plus haut que les autres et remporter le titre. D'ailleurs, je garderai toujours en moi le souvenir brûlant des applaudissements de ma mère à chacun de mes passages ainsi que l'étincelle qui brille dans ses yeux au moment de la photo finale. Parfois, le destin offre – enfin – une petite satisfaction. De tout son être émane ce soir-là la fierté, le sentiment que tous ses sacrifices n'ont pas été vains et qu'elle a réussi à nous enseigner le goût de l'effort, du dépassement de soi. Pour qui est-ce que je me lance dans les études et dans l'aventure Miss France ? Je me suis beaucoup posé la question. Pour ma mère, je crois, pour notre team, pour notre relation fusionnelle. Pour toutes ces fois où, sans pour autant être pauvres, on a soupesé chaque dépense, où elle n'a mangé qu'une part frugale du poulet du dimanche, pour les dix ans de vraie galère qu'elle a traversés. Encore aujourd'hui, alors que ses filles ont réussi, elle a du mal à se laisser inviter au restaurant, et on se dit qu'elle aurait peut-être préféré qu'on épouse un gars du coin et qu'elle nous prépare le déjeuner du dimanche midi. Alors, oui, je veux faire des études pour lui montrer qu'on a le droit d'être autre chose que ce que la naissance a décidé pour nous. C'est peut-être une sacrifiée, mais ce ne sera pas une sacrifiée pour rien.

Une fois passé les dizaines de manifestations réservées à Miss Vendée, vient le temps de quitter Les Sables-d'Olonne pour rejoindre l'université nantaise où je dois entamer mon droit. Un gros saut dans l'inconnu, à plus de cent kilomètres de la maison. J'ai travaillé tout l'été pour me constituer les économies nécessaires. Une fois à Nantes, baccalauréat et titre de Miss Vendée en poche, je m'inscris... dans une agence d'hôtesses et de mannequins, comptant bien sur les petits extras pour m'éviter la plaie d'une colocation. Je troquerais sans hésiter un 100 mètres carrés partagés entre étudiants pour une chambre de service sous les toits, au sixième étage sans ascenseur, rien qu'à moi. J'aime le contact des autres, mais j'ai besoin de pouvoir m'isoler dans ma « grotte » pour réfléchir, travailler et vivre à mon rythme. Lorsque je suis concentrée, le bruit m'agace et je déteste être interrompue sans cesse. De plus, j'ai l'impression de toujours devoir prendre sur moi, de toujours devoir fournir un effort surhumain pour que les autres m'acceptent. À la fac, c'est exactement la même chose : j'adore travailler en groupe mais, une fois venu le temps des révisions, il faut que je me retrouve seule face à mes polycopiés pour pouvoir les rabâcher à voix haute pendant des heures. À l'approche des examens, je suis capable de ne pas mettre le nez dehors pendant des jours, me nourrissant exclusivement de céréales Spécial K, jusqu'au moment où je me sens enfin prête à aller affronter l'examinateur. Mes amis de l'époque, Agnès, Julien, Gildas et Christophe, ont parfois du mal à comprendre cet acharnement. Moi, je sais que je n'ai pas le droit à l'échec. Je vis dans la peur de me faire retirer ma bourse, ce qui signifierait retour à la case départ sans empocher les 20 000 francs. Cette peur de ne pas être à la hauteur, ce besoin d'en faire toujours plus vont m'accompagner tout au long de mon parcours, y compris dans les concours de Miss. Cette assurance un peu surjouée a pu être interprétée par les autres candidates comme une ambition mal placée, alors que, pour moi, c'était une façon de compenser mon manque de confiance. Ah, ce fameux syndrome de l'imposteur qui nous enquiquine tous, et toutes surtout, un jour ou l'autre !

Après une année à cent à l'heure entre les petits boulots de mannequin, les concours de Miss et les cours à la fac de Nantes, sonne le moment des résultats de première année. Le couperet tombe. Après un 5 bien mérité en droit constitutionnel à la suite d'une analyse pitoyable d'un discours de Philippe Seguin en tant que président de l'Assemblée nationale, j'obtiens une moyenne générale de 9,87. J'échoue de justesse, mais les conséquences ont des répercussions gravissimes sur mon avenir. Je perds ma bourse d'études. Les options sont simples : rentrer en Vendée pour chercher du travail, ou m'accrocher. Vous imaginez bien, comme on dit aujourd'hui, que « la question, elle est vite répondue ». Je parviens, à force d'efforts, à décrocher mon DEUG. C'est ma vie, à chaque bonne nouvelle succède une épreuve. Rien ne m'est donné, mais c'est aussi ce qui a fait de moi un roc.

Saisir sa chance

En arrivant à l'université pour ma licence, à Lyon, je retrouve le décalage social, mais décuplé. Certains en nourriraient de l'aigreur ou du découragement, moi j'y vois un nouveau défi, une chance à saisir et même, pour tout dire, un territoire à explorer avec gourmandise. Le premier jour, je me trompe d'endroit et arrive sur un campus plutôt détendu en mode « fac de lettres », dans un quartier populaire. Celui où je suis en réalité inscrite ne ressemble en rien à cela : c'est la magnifique université Lyon 3 sur le quai Claude-Bernard, en plein centre-ville. Je croise plusieurs filles arborant des carrés Hermès, tandis que je cherche le restaurant du Crous. Ici aussi, il va falloir s'accrocher. J'en ai bien l'intention. Je fais partie des rares boursières ? Et alors ? J'arbore rapidement un foulard-pas-Hermès et j'essaie d'aller dans le sens du torrent au lieu de me le prendre en pleine figure. Certes, beaucoup de mes petits camarades seront cooptés par un parent avocat ou notaire. Sur le papier, je ne suis pas du milieu et, au mieux, si je réussis le barreau, je serais salariée dans un cabinet ou à l'aide juridictionnelle. En tout cas, c'est ce qu'on me répond parfois quand je rêve à haute voix d'intégrer un grand cabinet d'avocats d'affaires. Au lieu de baisser les bras, je préfère ouvrir grand mes yeux et mes oreilles, profiter de ce nouveau milieu que je découvre : l'émulation intellectuelle avec des esprits cultivés et intéressants, autant que l'élégance de nouvelles amies et autres étudiantes dont le style m'inspire. Ma copine Agnès m'a suivie à Lyon. Elle, originaire de Pornichet, moi de Vendée, nous étions inséparables à Nantes et avions décidé de ne pas nous quitter après notre DEUG et de partir ensemble à Lyon, de vivre à deux cette grande aventure vers l'âge adulte. Mon premier appartement, je l'ai loué à distance dans le 2e arrondissement de Lyon, qu'on m'a conseillé, sur la presqu'île à deux pas de la fac de droit. Quelle surprise en arrivant : il donne sur les miradors de la prison Saint-Paul ! Je comprends mieux pourquoi le loyer est si avantageux… Pas grave, j'y passerai une année en attendant de pouvoir trouver mieux. Agnès habite à quelques rues de chez moi. Elle a eu le nez plus fin, elle est du bon côté du 2e et nous passons deux années exceptionnelles, rapidement intégrées dans une nouvelle bande de potes originaires d'Annemasse. Je continue à enchaîner les petits boulots, mannequin, hôtesse, pour financer mes études et j'adore ma vie. Si je me retrouve à avaler des polycopiés entiers de cours de droit, j'adore aussi perfectionner ma maîtrise des bonnes manières. Un double cursus, en quelque sorte ! Je serre les dents pour réussir mes partiels et ne pas perdre ma bourse. Mais je vis aussi un réel émerveillement, un changement intime. J'ai envie que tout paraisse inné, le beau phrasé, le port de tête, la tenue toujours choisie avec soin. De là naît, sans doute, une façon d'être encore perceptible aujourd'hui.

À l'université, j'apprends aussi une chose qui n'a pas de prix et qui me servira précieusement ensuite : parler en public. Je découvre des gens, étudiants et professeurs, qui manient magnifiquement la langue française… et qui savent la mettre au service de leurs convictions. Le fait est que j'adore les concours de plaidoiries organisés pas la fac, je n'ose jamais m'y inscrire, mais je n'en rate pas un. La belle langue, l'art oratoire, les tournures choisies m'impressionnent et j'essaie là encore d'absorber le plus possible ces nouvelles connaissances auxquelles j'ai la chance d'avoir accès. Au point de trouver le culot de répondre à Jean-Pierre Foucault, lors de mon élection, que « le barreau de Lyon m'attendra », moi qui n'ai quasiment pas eu le temps de le préparer sur les bancs de l'Institut d'études judiciaires, absorbée par la folie du concours. Plus tard, une fois élue, je serai invitée au concours de plaidoiries annuel comme invitée d'honneur. Le sujet : « Miss France donne-t-elle le barreau ? » Imaginez ma gêne…

C'est peut-être après mon élection de Miss France que le plus difficile commence, ou en tout cas le plus déroutant. Est-ce que j'ai passé quelques dîners parisiens mal à l'aise ? Oui. M'est-il arrivé de dire des bêtises à table ? Certainement. On a beau avoir remporté l'un des concours les plus convoités, on sent un décalage brutal, soudain et imprévu. Là encore je me dis : on m'a fait un super-cadeau, je serais bête de ne pas saisir cette opportunité, je ne vois aucune raison de ne pas me sentir à ma place. C'est différent dans les tournées en province. J'y suis immédiatement chez moi, avec celles et ceux qui m'ont élue, qui m'accueillent sans faux-semblants et m'adoptent immédiatement. Je m'y sens bien, comme si la boucle était bouclée : je ne suis bien sûr plus la même petite Sylvie qu'autrefois, j'ai suivi le chemin que la vie m'a offert, mais je ne renie rien de ce parcours ni de mes racines provinciales. Certes, c'est un peu le jour et la nuit avec le microcosme parisien. Miss France, c'est « popu », quelle horreur ! Si le côté populaire en rebute certains, on m'invite néanmoins parce que je fais la une de *Paris Match*. Ils oublient peut-être un peu vite que celle-ci est titrée « Miss France : la révolution ». Dans les dîners, on est parfois invitée à la table d'honneur parce qu'on est une jolie jeune femme. Il arrive qu'on se retrouve un petit peu seule, et certains font bien comprendre à la Miss qu'elle n'est pas de la bande.

Pour autant, je n'aime pas le faux cliché « je suis une Miss, on me met dans un coin comme une plante verte et personne ne me parle ». C'est avant tout une affaire de relationnel : il ne faut pas se laisser mettre à l'écart. C'est aussi valable pour de nombreux jeunes auteurs, chanteurs, actrices, etc. À dire vrai, j'ai trouvé bien plus pénibles les salons où je travaillais en tant qu'hôtesse, où certains visiteurs n'imaginent même pas que l'on peut faire ce job pour financer ses études et ont parfois les mains baladeuses. Là, oui, c'était dur pour l'estime de soi. La situation est très différente lorsqu'on est élue lors d'un concours de beauté. Il faut être stratège, ouverte, curieuse : écouter, intervenir à bon escient, apprendre à chaque instant. J'ai fait cela et j'ai donné ces conseils à mes successeures. Pour être une Miss heureuse, ou peut-être une femme, une personne épanouie tout court, je crois qu'il faut être un caméléon, pouvoir s'adapter partout.

Geneviève, elle, classait un peu sévèrement (mais en visant souvent juste !) les Miss entre les « méritantes » et les « fatiguées de naissance ». Elle exagérait sans doute un peu sa propre ascension sociale, car, si elle avait fait le choix de vivre en saltimbanque avec son mari, et si elle racontait volontiers qu'elle avait grandi dans les aciéries de Longwy, elle oubliait de préciser que son père y était cadre. Toutefois, je comprends et je partage son désir d'aider les Miss à respecter une certaine étiquette, à apprécier le bon goût plutôt que la vulgarité. Il n'était pas rare qu'elle demande sèchement : « Elle ne peut pas se tenir correctement, celle-là ? », oubliant que, contrairement à elle, toutes les Miss n'ont pas reçu les codes sociaux en héritage. Quant aux expos, concerts, pièces de théâtre qu'il faut avoir vus, les *very important people* qu'il faut connaître, c'est un univers fascinant dans lequel je me suis moi-même plongée en arrivant à Paris, à 23 ans, mais qui nécessite une envie, un désir, une volonté. Cela explique pourquoi, sous ma direction de la Société Miss France, j'ai accordé autant d'importance à la culture générale des candidates. Une Miss France doit avoir du répondant, ne doit pas se retrouver comme une poule devant un couteau lorsqu'on évoque des grands faits historiques ou des personnages connus de tous. Ce n'est pas un service à rendre à une jeune femme d'une vingtaine d'années de la livrer à la presse, aux questions des journalistes, sans qu'elle possède le bagage minimal pour affronter une célébrité phénoménale du jour au lendemain. Pourquoi devenir la risée des plateaux TV et des réseaux sociaux ? Dans un concours auquel participent des jeunes filles très peu éduquées, dans un espoir familial d'ascension sociale parfois, j'ai toujours été attentive à les protéger en étant, comme Geneviève mais à ma façon, une accompagnatrice exigeante.

C'est pour cette raison que j'ai maintenu et perfectionné la fameuse tradition du test écrit de culture générale que la dame en noir et blanc a instauré à la fin des années 1970. Vous pouvez vous-mêmes faire le test, qui est désormais disponible en ligne chaque année pour se divertir ! Mais attention, les Miss sont redoutables et vous n'égalerez peut-être pas le résultat de la future Miss France : certaines jeunes femmes, comme Marine Lorphelin, Iris Mittenaere et Clémence Botino, ont en effet obtenu la meilleure note à cette évaluation… avant de tout simplement remporter le titre de Miss France !

Mettez-vous dans les escarpins de ces jeunes femmes qui révisent avec des fiches, comme au lycée ou à l'université, pour répondre aux questions que j'ai d'abord élaborées sur le modèle des écoles de commerce, puis avec l'aide de Thomas Séminel, rédacteur en chef pour l'émission « Les Douze Coups de midi ». Chacune révise des listes de capitales, de dates historiques, de rois ou de peintres célèbres… Garderiez-vous votre sang-froid ? Ajoutez à cela une partie en anglais, pour évaluer si la gagnante potentielle a besoin de quelques cours de rattrapage avant de se rendre à Miss Univers et Miss Monde ! Et, plus récemment : des exercices de logique qui ont déstabilisé plus d'une prétendante au titre. Drrrrring ! L'heure de rendre les copies a sonné, faites-vous partie des trois meilleures ? Voilà un bon aperçu du parcours – loin d'être superficiel – d'une Miss.

Une maman à la dure ?

Cette histoire, ce parcours, ont évidemment beaucoup influencé l'éducation que je donne à mes propres enfants. Je suis une mère qui croit à la méritocratie, à l'effort, à l'éducation qui tire vers le haut plutôt que de niveler par le bas. Il y a quelques mois, quand j'ai entendu Caroline Goldman, fille de Jean-Jacques Goldman, mais surtout psychologue, en croisade contre l'éducation positive, j'ai eu envie de l'appeler pour lui dire « merci !!! » À force de tout céder aux enfants, de ne jamais dire non, de ne pas les frustrer, on ne fait pas seulement une génération désarmée face au monde, déséduquée, mais aussi, je le crois au plus profond de moi, une génération d'impolis et d'inélégants, de non-respectueux incapables de vivre ensemble comme de respecter leurs aînés.

Nos parents ne se prenaient pas la tête, ne nous demandaient pas tous les matins au réveil si nous étions heureux. J'exagère sans doute un peu parce que cette mode idiote m'énerve, mais force est de constater que, si je leur donne un amour inconditionnel, je suis rude avec mes enfants. Le téléphone portable de l'aîné, c'est celui du bureau de tabac à vingt euros. Il a bien eu un smartphone à la rentrée, mais l'ayant cassé, et ayant fait l'erreur de me répondre : « Oh, ça va, maman, toi aussi t'as un téléphone cher » : direction le bureau de tabac, problème réglé, il se contentera des SMS. Je déteste cette idée que tout leur tombe dans le bec tout cuit, à rebours de la méritocratie. Son argent de poche, c'est trente euros. Mais avec quelques règles. Une mauvaise note ou un lit pas fait le matin : moins cinq euros. Le pauvre a vu fondre son pécule en quelques jours. Heureusement, lorsque Laurent, mon mari, a fait appel à un traiteur pour ma soirée d'anniversaire, je lui ai confié Oscar pour commis, histoire de refaire sa pelote d'argent de poche. Et voilà mon Oscar main dans le dos, au service, embarrassé que j'exprime bien sûr ma fierté aux invités d'avoir un fils qui bosse !

Ce n'est pas de la dureté gratuite. Laurent et moi, nous ne faisons pas partie des obsédés de la réussite scolaire à tout prix. C'est important bien sûr, mais pas au prix de briser un enfant. Les nôtres sont ainsi scolarisés dans le privé pour certains, et dans le public pour d'autres. Je ne suis pas prête à voir mon enfant se faner parce qu'il n'est pas dans les cinq premiers de sa classe. Je ne suis pas prête à tout leur imposer. Je n'ai juste pas envie que mes enfants perdent le sens du réel et dérivent comme une certaine jeunesse dorée. Je le dis franchement : j'ai peur de cette tentation de mettre du piment dans une vie trop facile, qu'ils fassent des « conneries », comme on dit pudiquement dans certaines familles. Oui, cela me fait peur. Que mes enfants soient privilégiés, tant mieux pour eux, c'est le souhait de tout parent pour ses enfants, mais je veux aussi qu'ils gardent les pieds sur terre. Lorsqu'on a déjà tout, on n'a pas envie de se battre, et surtout on n'est pas armé. Si on élève des enfants en leur donnant beaucoup, tout va bien s'ils ne sont confrontés à aucune épreuve. Mais sans cette notion d'effort, le jour où leur vie flanche – peut-être qu'elle ne flanchera jamais, mais si ça flanche –, ils sont désarmés, démunis. Voilà de quoi je veux les protéger. Moi je suis capable de me relever de n'importe quoi, je suis en acier trempé. Rien ne me fait peur, sauf le jour où maman partira : si je fais tout ça pour elle, qu'est-ce que je ferai après ?

Comme dans beaucoup de couples, l'éducation des enfants revient souvent dans les discussions que j'ai avec mon mari. Le mieux est de le laisser en parler lui-même : « Au début, j'avais tendance à tout donner aux enfants, ayant moi-même eu une enfance formidable, très privilégiée. Sylvie m'a converti à un fonctionnement plus méritocratique, ça n'a pas été facile, mais j'ai compris la différence entre nos deux parcours : je n'ai jamais eu à me battre, elle si, pour tout. » Il est vrai que, fils unique, il a fait une grande école de commerce et a eu sa voiture qui roulait très vite à 18 ans. Pour autant, sa mère, Rosette, s'est construite toute seule. Née dans une famille de maraîchers sur les marchés, elle est montée à Paris, a obtenu un prêt grâce à ses compatriotes auvergnats, puis a superbement réussi dans la restauration, notamment au très chic Pavillon Dauphine. Une femme de tête, provinciale, obstinée ; nous nous sommes tout de suite beaucoup aimées. Son fils ne m'a peut-être pas choisie par hasard.

Ainsi se referme ce chapitre sur l'énigmatique stéréotype de la « Miss intello ou idiote ». Derrière le sourire éclatant et la couronne scintillante se cachent des esprits affûtés, des ambitions diverses et des trajectoires exceptionnelles. Les clichés sur les Miss, souvent bien éloignés de la réalité, s'évanouissent devant la preuve tangible que l'intelligence n'a pas de frontières, même dans l'univers des concours de beauté. J'espère ébranler les idées préconçues et inspirer une nouvelle perspective sur le concours. Car, au-delà du clinquant des couronnes et du strass, sous les étiquettes apposées un peu trop hâtivement, se cachent des femmes qui pensent, qui agissent et bousculent les normes établies. Ce sont aussi ces facettes insoupçonnées que vous allez découvrir dans la suite de ce récit !

Préjugé n° 3

La belle a forcément un prince charmant

Où l'on découvre que la vie ressemble parfois à une comédie romantique et, parfois, à une comédie dramatique. Parce que, sous la couronne, quelques centimètres sous la forte tête, il y a un cœur qui bat très intensément. Et on s'autorise à croire à l'amour même quand on ne croit plus aux contes de fées.

Malgré l'aura de rêve et de glamour qui entoure le titre de reine de beauté, la réalité amoureuse des Miss n'est pas toujours un conte de fées. On serait tenté de croire que chaque histoire se déroule dans un château enchanteur, accompagnée d'un orchestre de violons, mais soyons réalistes : les Miss, tout comme les autres femmes, naviguent à travers les méandres des relations contemporaines. Exit le cliché du prince charmant surgissant de nulle part sur son fier destrier. Il est évident que, couronne ou pas, nous sommes toutes des femmes du

XXIe siècle, avec nos histoires sentimentales parfois complexes, mais toujours ancrées dans le monde moderne. Ajoutez une pincée de notoriété à l'équation et vous obtiendrez un tableau explosif.

De nombreuses Miss France ont connu des déconvenues en amour. Certains hommes voient en elles tantôt des créatures inaccessibles, tantôt des femmes obsédées par leur image, par l'argent ou la réussite. Alors que la majorité des Miss sont, comme beaucoup de femmes, plutôt réservées, pleines de doutes, de complexes physiques ou intellectuels et – pardon messieurs – n'ont absolument pas besoin d'être entretenues financièrement, ayant elles-mêmes largement réussi…

Les rendez-vous galants se transforment parfois en rencontres sous les projecteurs, et une belle romance peut être brisée par la curiosité des paparazzis. Pour certaines, la couronne qui scintille sur la tête peut devenir un fardeau lorsqu'il s'agit de trouver l'amour authentique. Être Miss, c'est également composer avec le regard parfois envieux, parfois critique, du monde extérieur sur nos choix amoureux. Comment oublier les violents propos tenus par certains commentateurs, et parfois par Geneviève, sur les couples Nathalie Marquay et Jean-Pierre Pernaut ou Mareva Galanter et Arthur ? Pourtant, la grande quête romantique est heureusement possible et beaucoup n'y ont pas renoncé !

En ce qui me concerne, mes amours sont étrangement indissociables de mon parcours de Miss, elles l'ont même jalonné. Pas si étrangement, d'ailleurs, quand on sait à quel point ma vie publique s'est imbriquée, entremêlée, enlacée avec ma vie privée ces dernières années. Au fil de ces pages, j'ai donc ressenti le besoin de raconter comment mes amours ont tracé des lignes parallèles à ma trajectoire de Miss France, des lignes fortes et intimes que je n'ai jamais partagées jusqu'ici. Quatre lignes de vie, quatre hommes qui ont compté, beaucoup, passionnément. Le premier amour, avec Alexandre, sans aucun doute bouleversé par mes premiers pas de Miss et mon entrée dans l'âge adulte. Puis avec Xavier, le deuxième amour, fulgurant mais influencé, déformé par les prémices de ma notoriété, me poussant à jongler entre les projecteurs et les obligations, à m'interroger sur la célébrité soudaine et la sincérité dans le couple. Le troisième amour, avec Camille, tissé au gré des épreuves imprévues du rôle de Miss France, a représenté un véritable test, mettant à l'épreuve ma résilience et mon engagement, mais aussi une magnifique histoire avec le père de mon premier fils. Enfin, la rencontre avec Laurent, l'amour inattendu et bouleversant, apparu dans la maturité et la sérénité acquises avec le temps, celui qui provoque une évolution personnelle au-delà de la couronne. Chacun de ces amours a laissé une empreinte singulière, formant une toile de fond émotionnelle, une perspective dans ma vie en tant que Miss France, en tant que femme et en tant que mère.

Les années lycée

Et puisqu'il est question de mère, commençons ce chapitre avec le conseil que la mienne donne à la jeune Sylvie. Sur les hommes, la sexualité, les sentiments, Maman a toujours essayé de tisser avec ses filles un dialogue ouvert, d'établir une vraie confiance, à la fois cash et pleine de bon sens. J'ai ainsi eu ma première relation sexuelle de façon plutôt précoce, à 16 ans, mais en ayant parfaitement en tête le conseil de ma mère : « L'important est de choisir le bon, plutôt qu'en avoir plusieurs dans l'année. » Il faut dire que cette philosophie me convient bien, moi qui suis une passionnée. Quand je tombe amoureuse, je tombe *follement* amoureuse, j'essaie de ne pas tricher, j'aime éperdument. Ce n'est pas vraiment compatible avec le fait de papillonner d'une relation fugace à l'autre. Je ne juge pas celles et ceux qui multiplient les conquêtes, je mène juste autrement ma vie sentimentale, je ne sais pas aimer à moitié, trop vite, ou par intérim.

Le grand amour de mes années lycée s'appelle donc Alexandre. Il est surfeur. Eh oui, c'est un peu un truc de minettes, mais avec mes copines nous passons de longues après-midi assises sur les remblais des Sables-d'Olonne à admirer les beaux surfeurs. Nous sommes dans les années 1990, on se rencontre encore dans les fêtes de village plutôt que sur une appli. Avec Alexandre, le coup de foudre se produit ainsi, si ma mémoire ne me trahit pas, un soir, à Saint-Mathurin. Sa famille m'adopte assez rapidement ; j'ai 16 ans et je dors chez mon copain comme si j'étais la future belle-fille de la maison. Tout l'inverse de la célèbre phrase d'Arthur Rimbaud : « On n'est pas sérieux, quand on a dix-sept ans. » Avec Alexandre, c'est du sérieux.

Première grande histoire donc et… premier lien avec le concours Miss France. Car je vous ai déjà parlé de Colette, la maman d'Alexandre, qui m'incite à m'inscrire au concours de Miss Vendée. D'ailleurs, lorsque je remporte cette élection, la première chose que dit mon amoureux à sa mère est : « Je vais la perdre. » Je ne le sais pas encore, mais il a malheureusement raison. Il m'a accompagnée, soutenue, portée. Je me sens tiraillée lorsque la vie me mène à Nantes, me fait découvrir d'autres horizons, la fac, de nouveaux amis ; notre attachement juvénile n'y résiste pas et subit le sort généralement réservé à un premier amour. Nous sommes infiniment tristes que notre histoire s'achève, mais nous gardons une jolie relation, qui se poursuit aujourd'hui : mon mari connaît Alexandre, avec qui il nous arrive de prendre un apéro amical quand nous allons aux Sables en famille. De son côté, il a suivi une belle trajectoire dans l'agro-alimentaire, s'est marié, a divorcé lui aussi quelques années plus tard, avant de se remettre en couple… avec une fille de notre bande de copains de jeunesse ! C'est peut-être mon côté fan de comédies romantiques, mais j'adore ces récits d'amours nouées ou retrouvées parfois à des décennies de distance. Cela n'aurait pas pu nous arriver, à Alexandre et moi, notre histoire était bel et bien derrière nous, mais je suis heureuse pour lui.

Nuit américaine

Faisons un léger bond dans le temps pour nous retrouver à Nantes, après les partiels de mon DEUG de droit, les vacances de Noël approchant. Ces satanés partiels m'ont, je peux le dire, essorée. J'ai travaillé comme une acharnée et j'en sors épuisée. Pour me réconforter, ma sœur aînée improvise une virée : « Allez, je passe te prendre et je t'emmène quelques jours au ski. » Direction, donc, l'Alpe-d'Huez. À ceci près que ma sœur décide de faire escale à Lyon où elle vient de s'installer, pour une « super-soirée au 115 », l'un des spots préférés des jeunes Lyonnais pour faire la fête. Je ne suis pas coiffée, pas maquillée, je sors rincée de mes examens, habillée pour la fac en jean et sweatshirt Timberland. Je la suis à reculons. Stéphanie, qui est une très belle jeune femme, se fait draguer toute la soirée pendant que je m'ennuie un peu dans mon coin, réfugiée sur un canapé. Vers une heure du matin, je convaincs enfin mon aînée de me ramener vers le lit où je rêve de passer enfin une nuit réparatrice. Nous sommes sur le point de quitter la soirée quand… un jeune homme me retient littéralement par le bras : « Vous ne pouvez pas partir comme ça, ou alors nous devons nous revoir ! » Je vous l'ai dit : je suis fan de comédies romantiques. C'est pourtant une scène qui a réellement lieu. Lui est d'une beauté conquérante, on devine l'immense charmeur au premier coup d'œil. Moi, je rougis en pensant à ma tenue. Quant à ma sœur, elle rit et me tire par l'autre bras : « Viens, on rentre, laisse tomber, c'est un dragueur. » J'ai à peine le temps de lui dire que nous partons à l'Alpe-d'Huez. « On s'y croisera peut-être », sont les derniers mots que j'entends de lui. Un petit regret m'étreint, cela fait deux ans que j'enchaîne examens et petits boulots, sans place pour une vie sentimentale. « Tu m'as peut-être fait rater l'homme de ma vie », reprochai-je à ma sœur, qui clôt la discussion d'un définitif « mais non, c'était un beau parleur, il avait l'air d'un mytho ».

L'année s'achève entre sœurs sur les pistes immaculées et nous avons bien l'intention de célébrer le Nouvel An ensemble. Pour le réveillon, nous faisons la fête dans un bar bondé, bruyant et joyeux. Alors traverse la foule un superbe garçon en col roulé, blond, bien bâti, qui me sourit : « Je vous avais dit qu'on se reverrait. » Xavier fait son entrée dans ma vie en mode romance de Noël, il est irrésistible, d'ailleurs je ne songe pas un seul instant à lui résister. Lors d'une nuit passionnée, nous voulons tout découvrir l'un de l'autre : Xavier m'annonce que, s'il est Lyonnais, il est pour l'instant… étudiant à Boston, où il doit repartir. Sans nous soucier de l'avenir, nous passons des moments merveilleux, à l'issue desquels il me propose de venir le rejoindre aux États-Unis en février. Je suis tout simplement *in love* (pour utiliser une expression de l'époque, et en VO !).

Au cœur de l'hiver, il m'adresse avec une élégance folle un billet d'avion pour le rejoindre. Nous passons quinze jours idylliques, entre dîners au sommet du gratte-ciel Prudential Tower et petits *bed and breakfast* dans la station balnéaire de Cape Cod. Dans ma tête, Xavier est l'homme de ma vie. S'engage alors une relation à distance de deux ans. Nous nous appelons presque chaque jour, les premiers temps depuis la cabine téléphonique au pied de mon immeuble. La visio n'existe pas encore, et les appels internationaux coûtent à cette époque une petite fortune, donc nous nous envoyons aussi des e-mails. Vous devinez bien l'une des raisons pour lesquelles je m'installe à Lyon pour poursuivre mes études ! Je programme ma vie avec Xavier, selon Xavier, autour de Xavier. Sa maman, Dany, qui est veuve, et sa sœur m'accueillent chaleureusement dans leur famille. Je fais, dans ma tête, des plans de mariage, d'avenir, je vois la stabilité, la romance. Je choisis une maîtrise avec une spécialité en *common law* (le droit anglo-saxon) dans l'idée de partir en stage à Boston le rejoindre. Et même lorsque je rencontre le charismatique Jean-

Michel Aulas après avoir été élue Miss Lyon, je lui demande… un stage dans la filiale de son entreprise Cegid, située à Boston ! Parfois, ma sœur Stéphanie, soucieuse de me protéger, freine mes ardeurs : « Attention à ce qui est trop beau… »

De fait, notre relation connaît les hauts et les bas des amours longue distance. Le quotidien prend souvent le dessus, chacun sur son fuseau horaire, et les retrouvailles sont parfois magiques et parfois moins enflammées. Il m'arrive de me poser des questions sur la fidélité de Xavier, ou de le sentir moins impliqué que moi dans notre histoire, qui demeure néanmoins très belle. Nos projets diffèrent sans doute : après son diplôme de Northeastern University, lui veut tenter sa chance à Los Angeles en tant qu'acteur, tandis que j'organise tout pour construire notre vie commune à Boston. Nous ne parlons pas de mariage, mais pour moi c'est une évidence. Pour lui…

C'est ici qu'intervient mon élection en tant que Miss France. Comme je vous l'ai dit, chaque grand épisode de ma vie amoureuse est inextricablement lié à ma vie de Miss. Nous sommes donc à l'hiver 2001, et ce mois de décembre va changer ma vie. L'élection va aussi influer sur ma relation avec Xavier, évidemment. Cependant, là où mon titre de Miss Vendée m'avait éloigné d'Alexandre, celui de Miss France me rapproche de Xavier. Il n'est pas venu à l'élection du 8 décembre à Mulhouse, pas davantage qu'il n'était venu au concours de Miss Lyon. Mais, dès ma victoire, il se montre très présent. Il est à mes côtés lors de mon retour dans la capitale des Gaules pour célébrer mon nouveau titre national avec les Lyonnais et le maire de la ville. Il m'invite à le rejoindre à New York pour quinze jours au Nouvel An, ce que je fais un peu en cachette, sans le dire à Geneviève. Je le sens de retour dans ma vie, faisant même des projets communs pour la première fois. De mon côté, la magie opère moins, et forcément le doute naît sur la raison profonde de ce regain d'amour. Je ne sais pas quelle est alors sa réelle motivation. Peut-être aurions-nous rompu plus tôt si je n'avais pas été élue. Peut-être que ma notoriété nouvelle a contribué à prolonger cette relation, mais je ne veux pas abîmer de jolis souvenirs. Nous sommes d'ailleurs toujours restés en contact. Xavier a poursuivi son rêve américain. Quelques années plus tard, le hasard des algorithmes Facebook (cela arrive à tout le monde avec ses ex, non ?) me réserve une surprise vraiment étonnante : le voir fouler un tapis rouge, tenant langoureusement dans ses bras Rachel Smith… Miss USA 2007 !

2002, l'année de tous les changements

Mais revenons à cette année 2002, et plus précisément au printemps : la France vit dans l'effervescence de l'élection présidentielle, les Français découvrent la drague sur Internet avec Meetic, c'est le moment que le destin choisit pour mettre Camille sur mon chemin. Enfin, plus exactement : dans mon train. Je suis en effet dans le TGV Paris-Lyon, un peu perdue, un câble d'ordinateur à la main, lorsque m'aborde ce brun en costume de startupeur : « Je suis dans l'informatique, je peux vous aider ? » Il est très sympathique, très différent des dragueurs un peu lourds qu'il m'arrive de croiser. Surtout, je comprends vite que cet ingénieur spécialisé en assemblage informatique n'a à peu près aucune idée de mon activité. Je me contente de lui dire que je travaille à Paris… quand une petite fille s'approche avec un magnifique sourire et me tend un papier : « Bonjour, Miss France, je peux avoir un autographe s'il vous plaît ? »

Le train entre en gare de Lyon, et Camille propose d'échanger nos coordonnées. Je prétexte une question de sécurité pour ne pas lui donner mon numéro de téléphone, mais lui indique mon adresse mail. C'est ainsi qu'il m'invite à dîner, ni gêné ni dissuadé par mon statut de Miss France. Il ne connaît rien à ce milieu et ce n'est pas plus mal. Nous dînons donc en tout bien tout honneur, je découvre un homme brillant, passionné, cultivé, avec lequel c'est un délice de parler de politique (il adore citer Desproges et ira manifester contre Jean-Marie Le Pen), mais… il y a un mais. Même si je ne suis plus vraiment en couple avec Xavier, celui-ci est dans chacune de mes pensées. Je le dis à Camille, de la part duquel je ne sens aucune insistance, mais au contraire une élégance absolue. Est-ce que je suis flattée de la cour de ces deux hommes ? Je vous ai promis la vérité, et dois donc bien répondre par l'affirmative.

Je m'envole pour le concours de Miss Univers fin mai 2002. Xavier évoque l'idée de m'y rejoindre mais cela ne se produit pas. La veille du concours coïncide avec… mon anniversaire. Quelle n'est pas ma surprise de recevoir un colis FedEx contenant une bouteille de champagne, deux coupes et, en cadeau, une magnifique paire de lunettes pour protéger mes yeux du soleil de Puerto Rico ! Un petit mot accompagne le tout : puisque je suis seule et loin des miens, Camille m'envoie de quoi trinquer avec ma voisine de chambre. Je fonds totalement devant tant d'attention, de gentillesse et de classe. À mon retour, je tourne définitivement la page Xavier. Camille entre alors pour de bon dans ma vie.

Nous sommes fous d'amour, notre mariage est inoubliable. Au début, c'est ma montagne, mon roc. Il m'aide, me demande ce que je veux faire, cultive mon ambition et me coache. C'est lui qui, lorsque Endemol reprend la Société Miss France et me propose de la rejoindre, m'incite à foncer. Lorsqu'on me propose de poser en tenue d'Ève pour un magazine, mon premier réflexe est de refuser tout net, mais Camille me dit : « Même si tu as raison de refuser, laisse monter les enchères pour savoir combien tu vaux, ça fait du bien à l'ego. » Il est souvent de bon conseil, un vrai partenaire. Mais mon premier cercle avale du Miss France matin midi et soir, ils n'ont pas le choix et ça peut être dur à vivre. S'ils veulent me voir, ils doivent venir aux élections régionales le week-end ou supporter mon absence. Camille doit prendre un train, un avion, et me rejoindre dans le barnum des Miss. Lorsque j'annonce notre relation à Geneviève, elle me répond : « Je suis Lorraine, mais ne me prenez pas pour une quiche ! J'ai bien remarqué sa voiture sur le parking des hôtels pendant nos tournées. Il est très beau. » Elle assistera même à notre mariage.

Alors que j'attends mon premier enfant de façon imminente, Camille doit venir m'extirper du shooting *Gala* dans la nuit qui suit l'élection de Malika Ménard, en décembre 2009, parce que je prends des risques avec ma santé. Au moment de rentrer à Paris et de faire découvrir son appartement de fonction dans le 17e arrondissement à Malika, je fais un malaise dans la rue. C'est l'une des plus grosses peurs de ma vie. Je suis au bout de l'épuisement. C'est Jack, l'agent de sécurité, qui me porte assistance. Ce jour-là, je prends conscience de ce que je fais endurer à mes proches… sans changer de rythme malheureusement.

Camille a parfois ses torts, mais il faut s'imaginer vivre dans la roue de sa femme, de manière assez extrême : tous les plannings familiaux sont faits en fonction de Miss France, partout où nous allons, on l'appelle « monsieur Tellier »... sans oublier que je l'abandonne tous les week-ends pour aller organiser les élections régionales. J'en ressens de la culpabilité et je vois bien que tout cela ne l'amuse qu'un temps, même si j'avais déjà la couronne sur la tête quand il m'a passé la bague au doigt ! Je ne lui ai pas menti sur la marchandise. C'est la quadrature du cercle, l'équation impossible pour une femme : il faut briller assez pour valoriser son mec, mais pas trop pour ne pas l'éclipser. De toute façon, c'est bien connu, c'est toujours la faute des femmes : la faute de ma mère de suivre son mari partout avec ses trois filles sous le bras, ma faute de demander à mon mari de me suivre dans l'aventure Miss France. Quel est le bon modèle ? Je ne sais pas, mais je sais une chose : les femmes ne gagnent jamais. Voici le seul conseil que je donne à mes copines qui assument leur ambition : hormis avoir des valeurs communes sur l'argent, les enfants, le couple, prenez un amoureux non pas faible, mais qui n'a pas de problème d'ego et qui surkiffe la vie à vos côtés !

Notre petit Oscar est une merveille. Cependant, quand je trouve un bonheur intense dans la maternité, Camille éprouve un désir de liberté. Un homme qui vit avec une femme qui prend autant de place, c'est forcément compliqué. Quelle est la façon pour les hommes de se prouver leur valeur ? Globalement, ça n'est pas très varié : avoir un bon job et/ou savoir qu'on ne laisse pas les femmes insensibles. Camille a un super-job, il gagne très bien sa vie. Après avoir vendu sa société de composants informatiques à la grande distribution, il intègre un énorme groupe américain. L'amour dure neuf ans. Je me sens aussi responsable, je bossais beaucoup, il me voyait peu, encore moins après avoir accepté une promotion au siège de son groupe en Californie.

Nous divorçons très intelligemment, c'est très moderne, nous prenons le même avocat. Mais je suis très blessée parce que c'est mon mari, l'homme de ma vie, je l'aime même si je le déteste pour ce qu'il a fait, je souffre énormément, mais je fais mes choix. C'est un divorce intelligent, donc, mais infiniment triste. On est alors comme des millions de couples, on tente des choses pour sauver notre famille, mais ça ne marche pas, on se sépare pour de bon. C'est un énorme échec, et 2010 est une *annus horribilis* : Geneviève quitte le comité Miss France, je perds dix kilos, je me transforme en fantôme, mon mariage sombre et je me retrouve maman solo d'un petit garçon de 2 ans qui lui, heureusement, va bien et que nous parvenons à préserver au maximum. Un divorce, ce n'est pas tout noir ou tout blanc. Nous ne sommes pas en mauvais termes. L'autre personne que je préserve, c'est ma mère, à qui je donne peu de détails, car elle se vivrait immanquablement comme mon double, je sens bien qu'elle revivrait sa propre histoire, ses déchirures intimes.

En deux ans, je perds deux figures structurantes dans ma vie : mon mari et Geneviève, qui m'en veut de ne pas la suivre dans son combat contre Miss France et qui m'abandonne après des années de super-travail en commun. Et il faut bien sûr supporter les mensonges de la presse, qui me présente comme Brutus, celle qui trahit, avec ses dents qui rayent le plancher. Pendant toute cette période, je passe en mode survie, les journalistes me prédisent : « Dans six mois, t'es morte. » Je me réfugie dans le travail comme dans une addiction, à corps perdu. Je réussis à reconstituer un tissu régional et réunis les nouveaux délégués avec des vestes impeccables au Crillon pour montrer que l'institution Miss France va surmonter les difficultés. Je soigne ma crise personnelle en gérant la crise de Miss France. En bref, je prends cher, mais je souris.

Au moment de mon divorce, je consulte même un psychanalyste. Il m'explique : « Peut-être que vous êtes un peu rude, dans la vie, parce que votre père n'est pas une montagne et que vous n'avez pas eu de roc paternel pour vous soutenir étant enfant. Peut-être que vous avez cherché cette montagne chez votre mari, qui n'en était pas non plus une… » Oui, bon… ces histoires de montagnes, je n'y comprends pas grand-chose, enfin assez pour savoir que je n'en aurai jamais et c'est tout aussi bien comme ça : ma montagne, c'est moi. J'ai donc arrêté après trois séances : pourquoi soulever le couvercle ?

Cela n'est pas constructif, payer un psy pour me faire pleurer, pourquoi m'imposer ça ? On ne va pas refaire le film. Allez, Tellier, serre les dents et va de l'avant !

Pour autant, j'ai toujours protégé Oscar, je ne voulais pas lui offrir une image négative de son père. Ce n'est pas un beau rôle de mère, même si j'ai été blessée. Je n'ai jamais envisagé mon rôle de mère dans l'aigreur, dans l'obsession que ce ne serait pas une bonne personne qui a conçu cet inestimable enfant avec moi. C'est moi qui en ai la garde, mais son père peut le prendre quand il le souhaite. C'est très détendu, entre Camille et moi, on essaie de s'arranger l'un l'autre, mais je veux qu'il ait une relation de qualité avec son fils, rien de forcé. J'ai eu trop d'exemples autour de moi de parents qui se déchirent pendant les divorces, qui instrumentalisent leurs enfants. J'ai toujours envie de dire : « Vous n'avez pas compris les dégâts que vous infligez ? » On a une responsabilité vis-vis de nos enfants. J'y crois au point que j'ai trop protégé Oscar. Je ne lui ai jamais vraiment rien dit. Un jour, dans le doute, je lui ai posé la question :

« Au fait, tu sais pourquoi on s'est séparés avec ton père ?

– Je crois qu'il ne voulait pas du chien.

– Euh… c'est pas tout à fait ça.

– Ah, c'est pas pour la garde du chien ? »

Ne pas dévoiler les causes de mon divorce à mon fils était, peut-être, une façon de me cacher à moi-même la vérité. Vous savez, celle qui fait mal, qui fait honte, cette belle photo de famille que je n'accrocherai pas au-dessus de ma cheminée. Cette espèce de schéma familial qui se reproduit, comme une sorte de fatalité : 34 ans, divorcée, avec un enfant de 2 ans à élever seule. Même aujourd'hui, en écrivant ces lignes, c'est difficile.

Laurent, le magnifique

Au cours de ma procédure de divorce, plongée dans une certaine mélancolie, mes nuits s'étirent parfois devant des émissions insipides à la télévision pour tromper mes insomnies. Une de ces nuits, je me retrouve captivée par un documentaire de W9 consacré à la sécurité et à l'achalandage du Printemps, le grand magasin du boulevard Haussmann. Il faut dire que je m'apprête à rencontrer la direction de cette enseigne avec laquelle Miss France entretient un partenariat depuis plusieurs années. Je m'y rends un peu à contrecœur : j'ai passé la matinée avec Francine Leca, fondatrice de « Mécénat Chirurgie cardiaque » au Grand Rex, et l'idée de quitter les enfants réunis par l'association pour aller faire des relations publiques et serrer des mains ne m'enchante pas spécialement. Je m'attends à rencontrer un cadre important, donc dans mon esprit plutôt âgé. Dans la rotonde au sommet du Printemps

1978, naissance à Nantes dans bras de Maman.

Sage comme une image.

Tête de première de la classe.

Mon chappy à pédales pour mes 14 ans.

Avec Sido ma « BFF ».

2001 à Agadir avec mes copines d'aventure
« Provence » (Laëtitia) et « Poitou » (Caroline).

Noël 2001 : tous réunis pour fêter le titre
de Miss France aux Sables d'Olonne.

1997 : Votez le 5 !

2001,
titre de Miss Lyon
en poche, en route
pour Miss France.

1997, premier défilé en tant que Miss Vendée.

1997, mes premiers supporters : Maman et Lili.

2001 :
« Miss France
est Miss
Lyon ».

8 décembre 2001,
mes larmes sont
pour Maman.

2002, Papy Albert est venu m'applaudir
sur scène en Normandie.

apparaît Laurent, avec ses boutons de manchettes impeccables, son costume élégant, et sa coiffure soignée, chaque détail témoignant de ses dix années passées dans l'hôtellerie haut de gamme. Notre déjeuner se déroule de manière tout à fait cordiale, sans plus dans mon esprit. À mon retour, mes collègues, taquines, me demandent si nous n'avons pas été trop dérangés par leur présence. Je réplique, mi-étonnée, mi-amusée : « Les bruns ténébreux, c'est du passé pour moi ! » Plus tard dans la journée, un bouquet de fleurs somptueux arrive à mon bureau. Je suis étonnée et touchée par ce geste, mais je répète : les beaux bruns, c'est bel et bien terminé. Quelques jours plus tard, Laurent m'adresse un e-mail, proposant un débriefing de notre réunion. Un débriefing du débriefing, en somme ; je sens la ruse. Notre déjeuner s'avère enchanteur. Dans le taxi du retour, je perçois clairement qu'il se livre à des tentatives de séduction. N'y voyant qu'un célibataire à la recherche d'une aventure sans lendemain, une nouvelle conquête, je le rembarre assez brutalement. Il argumente un peu : « Certains hommes ne sont pas des coureurs, ils se dédient à leur carrière et n'ont pas toujours eu le temps de construire une relation durable. » Je ne veux rien entendre et me montre franchement cassante : je ne serai pas son prochain trophée.

« C'est quoi, ton problème ? demandent mes sœurs. Un homme intelligent, séduisant, plein d'humour, sans enfant, te fait du charme, et tu fermes la porte aussi brutalement ? Si tu refuses qu'un homme entre dans ta vie, si tu te punis pendant dix ans pour l'échec de ton mariage, tu seras toujours malheureuse. » Leur mise en garde me secoue, me plonge dans le doute, d'autant que je ne suis évidemment pas insensible à Laurent. La blessure de ma séparation est pourtant vive et me fait culpabiliser. Laurent, quant à lui, est aux abonnés absents : face à la raideur de ma réaction, il n'a réagi que par un silence total, qui dure plusieurs semaines, jusqu'au jour où… je reprends contact. C'est un vendredi soir, il doit être 20 heures. Je suis encore au bureau et j'effleure les touches de mon téléphone sans trop savoir quel message lui écrire. Après tout, nous n'avons échangé que quelques mails professionnels. Je me lance : « Si la proposition de verre tient toujours, ce serait avec plaisir. » Alors, nous voilà, dans un bar d'hôtel à refaire le monde toute la soirée, et tout se déroule à la perfection. À la fin de la soirée, il décide de me reconduire chez moi, dans les règles de l'art. Il m'accompagne jusqu'à ma porte, et là, il déploie des trésors de tact. Laurent me confie : « Écoute, Sylvie, le jour où tu seras prête, tu me fais signe. Tu me donnes simplement un week-end. Une carte blanche, et je t'emmène. » Nous sommes devant chez moi, et malgré une soirée enchanteresse, rien de plus ne se produit.

Trois jours plus tard, j'ose me lancer : « OK, j'accepte, fais-moi rêver. » L'attente semble interminable, mais le moment espéré autant que redouté arrive. Trois semaines plus tard, sa voiture se gare en bas de chez moi, il en sort avec des billets en main direction Monaco, un lieu extraordinaire qui va devenir le théâtre de notre week-end fondateur. Les rues étroites de la principauté et les lumières scintillantes de la Méditerranée créent une toile de fond parfaite pour notre histoire naissante. Rien que d'y repenser, je ressens encore les émotions palpitantes de ce moment où tout a commencé, à l'hôtel Hermitage Monte-Carlo.

Notre relation se construit dans une joie permanente et complice. Donnons d'ailleurs la parole à Laurent : « Au début, en voyant les photos dans les magazines, mes parents sont un peu inquiets. Quant à moi, je me demande un peu ce que je fais dans telle ou telle soirée où sont présentes une multitude de Miss France. Mais Sylvie sait vous entraîner à ses côtés. »

Le véritable défi est surtout de conjuguer cette histoire d'amour et les réalités de mon existence. Je suis très transparente avec lui : je suis connue, j'ai de l'ambition et j'ai un fils à temps plein. Donc, s'il veut de moi, il doit accepter tout le package. Cela tombe bien, Laurent, avec sa vie de célibataire derrière lui, se sent prêt à accueillir la paternité dans sa vie, il noue immédiatement avec Oscar une relation unique et bouleversante. Les choses sont claires : il y a papa et il y a Lolo, comme il y avait pour moi

Lili, mon beau-papa. Mais il est clair, aussi, que Laurent est vite devenu irremplaçable dans la vie de ce petit garçon… et dans la mienne. Un jour, nous sommes au Monoprix des Cordeliers, à Lyon, et une femme regarde Oscar, assis dans le chariot, avant de lui dire en souriant : « Oh, qu'est-ce que tu ressembles à papa, toi ! » Oscar me regarde, les yeux pétillant d'amusement : « Ils ont rien compris… »

Très vite, nous accueillons Margaux. Je crois à nouveau au bonheur familial. Naît enfin notre petit dernier, Roméo. Il faut bien sûr composer, inventer, créer une vie familiale où chacun peut s'épanouir et trouver sa place. Nous connaissons les mêmes interrogations que tant de familles recomposées. Par exemple, Oscar me demande un jour : « Est-ce que tu crois que je pourrais appeler Lolo papa ? » J'essaie de préserver les droits de Camille, mais Oscar insiste : « Quand on est avec Margaux, elle l'appelle papa. » Camille est compréhensif. A-t-il regretté son choix, lors de ces retours de vacances ou de week-ends où Oscar se jetait dans les bras de Laurent avec un bruyant « Papaaaa » ? Cela devait être trop dur à vivre. Pour ma part, je n'aurais jamais accepté qu'Oscar appelle une autre femme maman, c'est trop dur.

Je peux dire, instruite par les expériences heureuses comme douloureuses, que Laurent a su m'apaiser, me rassurer. Il m'a prouvé qu'imaginer rester seule après une séparation n'est pas le sens de la vie, mais un réflexe de protection. Au cours de toutes ces années, marquées par les feux des projecteurs, et par les successions de scandales chez Miss France, il a su m'aider à prendre de la hauteur. À regarder les choses sous un angle différent. Me faire comprendre que le travail reste le travail et qu'il faut savoir préserver sa vie de famille. Que tous les sacrifices ne sont pas bons à faire. Car la vie, c'est avant tout notre cercle familial, nos amis, cela seul perdure alors que le travail n'est qu'un accomplissement personnel. Aux dires de mes amis et collaborateurs, Laurent m'a redonné le sourire, la joie de vivre, tout en s'affirmant suffisamment pour que je ne m'empare pas des rênes seule. Bien évidemment, nous nous disputons comme tous les couples, pour l'éducation, pour les dépenses, pour la différence de vision que l'un ou l'autre porte sur les choses, mais il m'a apporté une sérénité longtemps interdite par mon histoire familiale et ma vie publique. Là où d'autres n'ont vu que la Miss, il a su découvrir la femme prête à donner son amour sans réserve. Là où certains ne voit que l'ambitieuse, il a su comprendre mon besoin de protéger ma famille du besoin. Enfant unique, il a su accepter l'omniprésence du « clan Tellier », ce besoin que j'ai de vivre des moments « collée » à mes sœurs et à ma mère le temps d'un week-end, des vacances. Il a compris cette histoire tellement singulière qu'est la mienne. Son acceptation totale de mon parcours, privé comme professionnel, de mes aspirations aussi, a été une bouffée d'air frais dans le tourbillon de ma vie. Avec la subtilité d'un gentleman, Laurent s'est fondu dans le rôle de père pour tous nos enfants, nouant avec eux des liens indissolubles et rares. Caractère affirmé, têtu, oui, bien sûr que cela le définit aussi… mais comme je peux l'être aussi à mon tour.

Est-ce que ce n'est pas cela le secret d'un couple qui dure ? Accepter que nous soyons différents, mais que l'un n'essaie pas de faire changer l'autre et s'en inspire pour devenir meilleur ? C'est dans les moments de doute et de fragilité que Laurent a révélé toute sa grandeur. Il est l'épaule solide sur laquelle m'appuyer, le confident, l'ami, l'amant. À ses côtés, la vie a pris une teinte nouvelle, empreinte de complicité, de projets partagés, et d'un amour éternel. Avec lui, chaque chapitre, chaque épreuve, chaque joie prend une saveur unique. Il est bien plus qu'un compagnon de vie. Est-ce que le prince charmant existe ? Oui, certainement ! Mais encore faut-il qu'avec la princesse ils fassent des efforts mutuels pour que le conte de fées perdure…

Préjugé nº 4

La gentille Geneviève contre la méchante Sylvie

Où je donne – enfin – ma version d'un clash
sur lequel tout le monde a un avis,
ou plutôt d'une grande histoire qui a compté
dans ma vie. Parce que la vie, ce n'est pas
comme les tenues de Geneviève, fait de noir
et de blanc. C'est parfois gris, clair ou foncé.
Et ma chère Geneviève, quant à elle,
était toujours haute en couleur.

Vous me placez face à un des grands dilemmes de ce livre. Car, s'il y a bien un sujet sur lequel chacune et chacun a un avis bien tranché, c'est ma relation avec Geneviève. Et pourtant… ma vie de Miss et de femme ne se résume pas à une brouille médiatique. Pas davantage que cela ne résume ma longue et dense relation avec la dame au chapeau. Par ailleurs, cette histoire a connu tant de versions, tant de perceptions différentes, tant de points de vue qu'en parler pourrait relancer des polémiques, les controverses, qui ont déjà trop affecté mes proches. Vous me mettez donc face à un choix difficile : je veux être transparente, mais je ne souhaite pas non plus que cette partie de ma vie prenne le pas sur les autres facettes de mon histoire. C'est un équilibre délicat à trouver. Pendant longtemps, j'ai aussi cru que taire mes sentiments, mes émotions, mon vécu, était la condition pour protéger l'image de Miss France. Rien ne me semble plus vulgaire qu'un règlement de comptes en public, un étalage de ses états d'âme ou de conflits personnels. Alors, j'ai serré les dents, j'ai laissé s'installer les idées fausses. Aujourd'hui, pour la première fois, je me sens prête à dire ma vérité, sereinement, dignement, mais aussi fermement.

Geneviève était de cette essence rare, de ces femmes qui semblent éternelles. C'est assez incroyable, cette impression qu'elle a toujours été présente dans nos vies. La première fois que je l'ai croisée, c'était lors de l'élection Miss Pays de la Loire en 1997 (qui ne fut pas un franc succès pour moi). Elle était d'un charisme impressionnant, je la regardais un peu de loin. À l'époque, j'observais avec admiration – et pour tout dire une certaine trouille – cette dame à laquelle je peinais à donner un âge. Elle portait la soixantaine avec cet impeccable style qu'on lui connaît.

Si chaque Français reconnaît ce style justement au premier coup d'œil, c'est parce qu'elle fait partie de ces personnes qui marquent, qui laissent une empreinte indélébile. Comme Jean-Pierre Pernaut, parti un an avant elle. Des personnalités hors-normes, que même la mort peine à estomper dans nos esprits. Quand Geneviève est décédée, je savais déjà qu'elle n'allait pas bien, elle avait déjà fait des allers-retours à l'hôpital. J'avais échangé des messages avec elle à la fin 2022. Elle avait fait un joli compliment à l'élection de Miss France cette année-là. Mais le dernier message que j'ai envoyé est resté sans réponse… Une connaissance commune m'a dit qu'elle était passée chez elle pour lui apporter un petit cadeau et qu'elle ne lui avait pas ouvert la porte, qu'elle ne l'avait pas reconnue. Cela m'a inquiétée et mise mal à l'aise. J'avais un sentiment étrange. Elle répondait toujours d'habitude, même si c'était pour vous enguirlander. Je voulais la voir, lui dire que le temps était passé et que nous étions en paix. C'était comme un écho de notre histoire, une porte qui se refermait sans qu'on ait pu achever certaines conversations. J'aurais voulu lui témoigner une dernière fois que, malgré nos chemins divergents, il y avait de la place pour la reconnaissance infinie et une connexion unique, propre à deux personnalités si différentes.

Le départ de Geneviève

Quand j'ai appris la nouvelle, j'étais en déplacement en Turquie. Un ami journaliste m'a envoyé un message pour me dire qu'il y avait des rumeurs sur le décès de Geneviève. Cela m'a sidérée, en dépit de mon pressentiment. Une sensation de vertige m'a envahie. Puis la rédaction de TF1 m'a appelée pour confirmer la triste nouvelle. Dans cette époque où tout va si vite, où de sinistres plaisantins avaient déjà annoncé sa mort à plusieurs reprises, j'ai préféré attendre un communiqué officiel de la famille avant de réagir, par respect pour elle, pour sa famille. C'est important, ces choses-là.

Cependant, les choix funéraires de Geneviève vont rendre ce moment encore plus douloureux qu'il ne l'est déjà. Elle m'avait prévenue dans le livre que nous avions écrit ensemble, dans un chapitre intitulé « Geneviève face à la mort (Éditions Michel Lafon, 2005) » « En tout cas, j'ai demandé à Xavier que la mienne ne soit annoncée que quand je serai dans le trou. Je ne souhaite aucune cérémonie, aucun cortège, juste un cercueil en bois blanc. Le résultat fera le même effet qu'avec du bois d'ébène, des poignées dorées, un oreiller et du capitonnage ! » Du pur Geneviève. C'était sa façon de voir les choses. Pour ce qui me concerne, j'avais cet avantage de connaître ses dernières volontés pour les avoir écrites sous sa dictée près de deux décennies avant son décès. J'avais osé un timide : « Quand même, le jour où vous partirez, si les gens ont envie de vous rendre un hommage… » S'agissant d'un choix aussi intime, je n'avais pas insisté.

Au moment du décès, Xavier de Fontenay suit donc les volontés de sa mère à la lettre, interdit la présence de la quasi-totalité des Miss, et fait transférer la dépouille directement de la chambre funéraire au cimetière, sans autre forme de cérémonie. J'en suis désolée, mais je ne peux que reconnaître son entière légitimité à agir ainsi.

Certains incidents posent davantage question. J'ai, par exemple, spontanément voulu envoyer à Xavier un message de condoléances... mais mon numéro de téléphone avait été bloqué. Alors, quand Alexia Laroche-Joubert m'a demandé son 06, je le lui ai donné en lui précisant : « Je ne garantis pas le meilleur accueil à ton message. » Cela n'a pas manqué. Certaines Miss ont tenté de leur côté un petit coup de fil et ont été éconduites. Un proche est allé aux obsèques : sur la tombe, ce jour-là, quasiment aucune fleur. Pas un verre n'est non plus organisé avec celles et ceux qui ont aimé la défunte. Des dernières volontés brutales, sans possibilité pour le public ni même pour ceux qui l'ont côtoyée tant d'années de venir se recueillir. Personne n'a le droit d'envoyer des fleurs. Personne n'a le droit d'envoyer une plaque. Personne n'a le droit de venir sur sa tombe. Tout cela est d'une tristesse infinie. Pour ma part, je ne pouvais pas en rester là, laisser ma relation avec Geneviève s'achever ainsi, sans lui dire un dernier mot. Je me suis rendue quelque temps plus tard à sa dernière demeure. Elle m'avait confié qu'elle souhaitait être inhumée dans le caveau familial, où sont enterrés son époux, Louis, et son fils, Frédéric, au cimetière d'Ivry-sur-Seine.

Pour beaucoup, c'est bien sûr un choc. Comment ai-je pu imaginer que Xavier de Fontenay accepte que nous partagions un peu notre peine ? Ce n'est finalement que la suite logique de longues années de conflits. Entre nous, tout a mal commencé, je l'ai raconté, lorsque j'ai eu l'impudence de relire le contrat qu'on me demandait de signer avant l'élection de Miss France. Mais la véritable source de sa rancœur pour moi se situe un peu plus tard, en 2007, lorsque je suis nommée par Endemol pour le remplacer à la direction générale du concours. Son contrat n'est pas renouvelé et, à partir de ce moment-là, notre relation s'envenime. Lorsque le patron d'Endemol me nomme directrice générale, il nomme aussi Geneviève de Fontenay directrice générale déléguée, avec un salaire confortable, un chauffeur, et un accord qui lui convient. Une direction à deux têtes : à moi le business, à elle la représentation. Geneviève n'a même pas à travailler dans les locaux d'Endemol, son bureau reste à Saint-Cloud, chez elle. Ce sont les équipes et moi qui nous déplaçons chez elle pour les réunions hebdomadaires. Ce n'est pas un emploi fictif, elle travaille réellement, mais elle a obtenu des conditions très, très enviables…

Xavier de Fontenay ne s'interroge pas non plus, un seul instant, sur ses propres responsabilités.

Il faut dire que depuis longtemps il évolue dans le sillage de sa mère et que le rebond professionnel s'annonce difficile. Aucune introspection de sa part sur certains épisodes, comme ce jour où je rends mon titre à Lyon et où il exige une escorte de police avec sirènes et gyrophares. Le maire de Lyon, le regretté Gérard Collomb, qui deviendra ensuite mon ami, me confie, exaspéré : « Plus jamais tu m'amènes un mec comme ça ! »

Xavier de Fontenay va jouer un rôle décisif dans la décision de sa mère de quitter l'organisation de Miss France. Lorsque le clash survient, trois ans plus tard, en 2010, il n'a pas retrouvé de poste équivalent. Toutefois, il faut bien avoir en tête qu'à ce moment-là les De Fontenay ont déjà perçu plusieurs millions d'euros pour avoir cédé la marque Miss France à Endemol. Ils sont tout simplement millionnaires. Je devine chez Geneviève quelques regrets. Quand je lui fais remarquer : « Vous avez vendu votre restaurant, mais vous continuez à vouloir faire le menu et décider qui a le droit d'entrer manger. Vous avez vendu, vous avez vendu, c'est ainsi ! », elle me répond : « C'est pas moi qui ai vendu… c'est mon fils. » Pour ma part, après des années de travail pour moderniser le concours, je suis toujours salariée, je n'ai aucune part dans l'entreprise, aucune action, et je n'ai, inutile de le préciser, absolument rien perçu sur la vente (ce qui ne me choque absolument pas). J'ai peut-être remporté Miss France, mais je n'ai pas gagné au Loto.

Quand Xavier de Fontenay incite sa mère à partir début 2010 et que celle-ci décide de créer un nouveau comité concurrent – le concours Miss Nationale – au prétexte de plusieurs scandales, elle me met au pied du mur : soit je pars avec eux mettre mon expertise et mon travail à leur service, soit je suis une traîtresse. Il faut bien comprendre les détails de cet ultimatum : des multimillionnaires, dont Xavier qui me déteste au plus haut point, me demandent, alors que je suis salariée, sans patrimoine personnel, de tout quitter pour sauter dans l'inconnu. Cerise sur le gâteau : je suis enceinte de mon premier enfant et Geneviève m'annonce sa décision par téléphone sur le chemin de la maternité. Je vous pose la question : dans la même situation, qu'auriez-vous fait à ma place ?

D'autant que je ne crois pas à ce projet voué à l'échec : j'aurais suivi Geneviève dans une nouvelle aventure, par exemple dans le rachat de la licence Miss Univers ou Miss Monde, et tenté un pari fou. Là, la dame au chapeau croit qu'elle peut repartir sur les routes et que rien n'a changé en cinquante ans. Il n'y a pas de projet, juste un mouvement d'humeur pour lequel je devrais tout sacrifier sans discuter.

À partir de ma prise d'indépendance à leur égard, j'ai eu droit à toute une publicité négative à mon encontre sur le thème de « Brutus, la fille qui a trahi ». L'ironie est que je suis exactement sur la même ligne que Geneviève sur les Miss dénudées et que je l'ai bien signifié à la nouvelle boss, Virginie Calmels, avec laquelle j'ai une engueulade homérique à ce sujet. Avec un extraordinaire acharnement, les De Fontenay réussissent à créer une vérité alternative, une *fake news* : les pauvres, les précaires à défendre, ce sont eux, et la vilaine patronne ambitieuse, c'est moi.

Le mal nécessaire

Depuis toujours, dans l'univers de Miss France, le nom de Geneviève est presque sacré, gravé dans la pierre. J'ai toujours ressenti cette aura autour d'elle, comme si elle était l'essence même de ce concours. Pourtant, depuis le jour où je suis arrivée, je n'ai jamais envisagé être sa remplaçante. Mon rôle à ses côtés était davantage de tenir un flambeau, d'assurer la continuité de quelque chose de grandiose. Oui, mon rôle était de prendre ce bâton de relais avec respect et détermination, de maintenir le rythme pour que l'évolution du concours ne faiblisse pas. J'avais conscience qu'à un moment donné ce bâton serait passé à d'autres mains. Pour moi, j'étais comme la gardienne de cette flamme, celle qui assure la pérennité de l'héritage.

Et pourtant, dans ma vision des choses, il y avait cette certitude que viendrait un jour où un nouvel élan serait nécessaire. Je ne me voyais pas comme la personne qui reprendrait le flambeau après Geneviève. Je me considérais plutôt comme celle qui prolongerait son héritage, tout en pensant qu'à un certain moment quelqu'un de plus jeune, peut-être plus en phase avec les aspirations nouvelles, viendrait insuffler un nouvel esprit au concours. C'était une sorte de passage inéluctable, une évolution naturelle pour permettre à cette institution de continuer à briller.

On fait parfois un raccourci en disant : « Sylvie est arrivée, Geneviève s'est fait virer. » Autant le dire : c'est complètement faux. J'ai été élue Miss France en décembre 2001. J'ai écrit, avec elle, le livre que nous avons publié en 2005. J'ai été recrutée par la société Miss France – donc Endemol – la même année. J'ai été nommée directrice générale en 2007 et Geneviève n'est partie qu'en 2010, donc j'ai quand même vécu plus de huit ans de ma vie avec elle, au quotidien. On peut toujours dire : « Une telle est la fille spirituelle de Geneviève », mais la vérité est que je suis celle qui la connaissait le mieux. Je nourrissais un respect et une affection sans borne pour elle, au point de faire ses courses – notamment ses fameux collants Wolford qu'elle me demandait d'aller lui acheter au Printemps parce qu'à cause de sa notoriété elle ne voulait plus fréquenter les grands magasins parisiens.

Au moment de mon entrée à la direction de Miss France, il y a, c'est vrai, une guéguerre de « filles préférées » avec Élodie Gossuin, entretenue par les médias… et par Geneviève ! Pour comprendre comment cette compétition, à la fois privée et publique, est entretenue, il faut se souvenir de quelques anecdotes. Pendant toute l'année de mon sacre, Geneviève privilégie des événements avec Élodie, récemment élue Miss Europe : « La France écrase l'Europe ! » cingle-t-elle. Elle lui donne même la magnifique robe Cymbeline que j'ai remportée lors de mon élection… et que je ne récupérerai que quelques mois plus tard et pas dans le meilleur état. Quant à l'appartement de fonction de Miss France, c'est Élodie qui continuera de l'occuper pendant l'année qui suit mon élection : à moi de me débrouiller, de me faire héberger chez mon oncle et ma tante en banlieue parisienne et de rejoindre chaque jour en train le QG de Geneviève… c'est-à-dire son domicile, accolé au logement de fonction. Pour être honnête, l'appartement de Geneviève était empreint d'une atmosphère un peu étouffante, comme si le temps s'y était arrêté il y a des décennies. Sur les meubles massifs, des bibelots s'entassent sur les étagères, témoins silencieux d'une époque révolue. Les murs sont tapissés de portraits sépia et de photographies jaunies. Côté comité Miss France, les robes, autrefois éclatantes sur les podiums, semblent aujourd'hui endormies dans leur silence de tissu, attendant patiemment que le temps leur redonne vie. Elles prennent la poussière. C'est dans cet univers nostalgique que Geneviève de Fontenay est à son aise, préservant jalousement les vestiges d'une vie dédiée à Miss France. Détail amusant : l'immeuble est construit sur l'ancienne résidence de Viviane Romance, éphémère Miss Paris 1931… déchue pour avoir caché sa grossesse au jury !

En cette année 2005, les humeurs de Geneviève penchent plutôt en ma faveur. Élodie lui a fait l'affront d'intégrer « La Ferme des célébrités » et elle a posé pour *Entrevue*. Pour Geneviève, la plus grosse trahison est de poser dans ce genre de magazine. C'est, pour elle, le « pire des torchons ». Élodie n'est donc pas en odeur de sainteté. Avec Geneviève, c'est « qui part à la chasse perd sa place », c'est toujours comme ça. Chaque année, elle me dit : « Une Miss chasse l'autre. » Il n'y a jamais la place pour deux dans son cœur. Il y en a toujours une qui a la cote et l'autre en disgrâce. De mon côté, en 2005, je viens d'écrire son livre avec elle. Je connais toute sa vie par cœur. Elle a confiance en moi et j'ai de l'admiration pour elle. Quand je lui propose cette idée de livre, elle commence par répondre : « Écrire un livre, c'est me foutre dans la tombe. » Puis elle accepte de raconter son parcours de femme. Je sais la convaincre parce qu'elle sait que je la respecte.

Résumons : il y a donc ce fils qui apparaît beaucoup, Xavier, y compris dans les médias. Qui a une forme d'emprise sur elle. Que l'on voit quand on la voit. Il l'accompagne partout. Et, à côté, ces deux filles de cœur. Une fantaisiste et attachante, Élodie, et une plus sérieuse, moi. Enfin, pas sérieuse mais poil à gratter, carrée, qui dit les choses sans détour. Geneviève m'appelait d'ailleurs le « mal nécessaire ». Elle savait qu'il n'y avait que moi qui pouvais reprendre les rênes parce que j'étais une femme de business. Parce que j'avais fait des études. Parce que je la contredisais quand c'était nécessaire.

On a tous pris de l'âge et, j'espère, gagné en sagesse. Aujourd'hui, je peux donc mieux appréhender cette période de nos vies. Élodie a cette image très accessible, très populaire. C'est la fille sympa, la bonne copine picarde. Et force est de constater que c'est une fille réellement sympa. Élodie, c'est la bonne pote, elle est cool, elle aime tout le monde. Elle ne se dispute avec personne. Le problème est que le conflit fait justement partie de la fiche de poste de DG de Miss France. Parce que cela reste une entreprise, parce que c'est un véritable business et parce que, potentiellement, quand il faut aller chercher 100 ou 200 000 euros chez des partenaires ou parler de marges financières, il faut quelqu'un capable d'assurer ce job-là. Or, j'étais un peu la seule parmi les Miss – la seule du sérail –, car Geneviève et moi étions convaincues que seule une ancienne Miss France pouvait gérer le comité. Pour organiser ce concours, il faut l'avoir vécu. Aucun diplômé d'HEC ou des autres grandes écoles de commerce ne sait ce qui se passe dans votre tête lorsque vous êtes élue devant 12 millions de téléspectateurs en trois secondes. La tempête qui balaie toute votre vie. Vis-à-vis des téléspectateurs et du public, c'est un gage de passion : quand tu as vécu ces émotions, tu assures tout simplement mieux le job.

Je ne suis pas du tout entrée à la direction de la Société Miss France contre l'avis de Geneviève, c'est même exactement le contraire qui s'est produit. En décembre 2004, je suis invitée au jury de Miss France. Cela fait deux ans qu'Endemol a racheté le concours, et là, j'assiste à une émission franchement mauvaise. Ma mâchoire se décroche à chaque tableau ; les filles sont dans des robes *cheap*, mal coiffées, et évoluent sur des chorégraphies sans éclat. À l'issue de l'émission, Xavier Couture, dirigeant de Case Production, la filiale d'Endemol qui dirige Miss France, m'appelle : « Est-ce que vous seriez d'accord pour venir à Paris qu'on débriefe un peu le show ? Vous avez eu des réflexions intéressantes pendant la soirée, est-ce qu'on pourrait approfondir ? » Je réponds sans détour : « Vous êtes peut-être les leaders des programmes de divertissement, mais vous n'avez pas saisi l'ADN du concours Miss France. » Tout est perfectible. Acheter des robes en France serait sans doute pas mal. Soigner les coiffures et les chorégraphies, aussi. Ne pas oublier, non plus, que le public est issu de toutes les régions et pas uniquement de Paris.

Mes conseils les intéressent et ils se disent qu'il serait utile d'intégrer à l'équipe une fille qui a vécu le concours elle-même et... qui connaît Geneviève de Fontenay. Car ils ont beaucoup de mal à la gérer, Geneviève, laquelle est bien sûr ingérable. En entrant sur le plateau, elle met parfois sa main devant la tête de Jean-Pierre Foucault, juste pour l'énerver. Cite à l'antenne les marques commerciales qui lui ont offert des cadeaux pendant l'année alors que le CSA le sanctionne par des amendes lourdes. C'est compliqué, elle attaque Jean-Pierre parce qu'il ne vient pas au dîner de gala, tard dans la nuit, et pour cela le taxe d'être un mauvais animateur alors qu'il porte l'émission sur ses épaules. Les escarmouches sont nombreuses, et sur une multitude de sujets. Endemol se dit donc clairement : la fille, elle a des idées, elle est juriste, elle va nous aider avec Geneviève et en plus elle représente une certaine modernité. On est dans les années 2000, je coche toutes les cases.

De mon côté, je pousse immédiatement mes idées. Je dis à Xavier Couture : osez le Palais des festivals de Cannes pour organiser la finale et mettez les filles au Majestic. Rien n'est impossible, il faut juste avoir les moyens de ses ambitions. Vous voulez faire un truc haut de gamme ? Eh ben, allons-y. L'année, d'après, on est au Majestic et au Palais des festivals, à Cannes. Bien sûr, quand ils ont l'idée de m'embaucher, ils comprennent qu'il faut l'aval de Geneviève. « OK, elle est bien mignonne, la petite blondinette qui nous modernise le machin, mais si Geneviève ne l'adoube pas, ça ne marche pas. » Ils passent donc un coup de téléphone à la dame au chapeau, qui répond à Endemol et TF1 : « C'est d'accord, je valide. » Par la suite, elle m'a toujours dit : « Vous me devez votre place », et elle avait raison.

Au début, ce n'est pas un problème pour son fils, car je suis embauchée comme « responsable des relations extérieures ». Ce titre ne veut rien dire, mais mon job consiste, en gros, à faire le lien entre l'ancienne organisation et la nouvelle. Une des premières missions à mon arrivée est de faire passer le disgracieux maillot de bain une-pièce à un deux-pièces, obtenir que Geneviève consente au bikini pour les Miss. J'argumente : « Non mais, Geneviève, franchement, regardez cette photo des années 1950 sur laquelle on voit déjà les filles en deux-pièces. Pourquoi on ne peut pas le faire aujourd'hui ? » Elle râle, mais elle me dit oui et on avance. Il y a aussi tous les moments de complicité privés, des instants inoubliables, joyeux, émouvants, comme lorsque nous lui avons réservé un anniversaire surprise pour ses 75 ans au Bristol, palace de la capitale. Là encore, il lui arrive de mélanger petite râlerie et grande émotion. L'organisation de l'événement fut un véritable défi, mais l'effet magique en valait la peine. Sachant que notre illustre invitée n'était pas particulièrement encline à célébrer son anniversaire – elle détestait ça ! –, nous avons dû user de subterfuges pour lui offrir une soirée d'exception. Le choix du Bristol, emblème de l'élégance parisienne, s'est imposé naturellement. Geneviève adorait les palaces parisiens, mais ne s'y comportait jamais comme une star. Elle avait toujours un mot gentil pour les concierges Clefs d'or, c'est d'ailleurs elle qui m'a révélé l'importance de cette élite de l'hôtellerie et de sa « discrétion informée ». Ils sont au courant de tout sans jamais compromettre la confidentialité ou la confiance de leurs clients.

Les somptueux salons de ce palace étaient imprégnés d'une atmosphère chic et intemporelle, offrant le cadre parfait pour honorer madame de Fontenay. Une discrète effervescence régnait. Le luxe sans ostentation du Bristol se mariait harmonieusement avec l'excitation de la surprise imminente. La touche de glamour respectait le style classique du lieu : c'était tout ce qu'elle aimait le plus. Le moment où madame de Fontenay découvrit la surprise est pour moi inoubliable. Les lumières révélaient délicatement ses traits émus. Chacun pouvait sentir, sous la solide armure, poindre l'émotion de la dame au chapeau. Plus qu'une célébration de cette figure mythique, ce jour-là, nous avons honoré une femme qui comptait terriblement, dans tous les sens du terme, dans nos vies. À cette occasion, notre PDG de l'époque, Stéphane Courbit, m'avait donné carte blanche pour lui offrir le cadeau de ses rêves. Geneviève avait une passion pour Karl Lagerfeld (qui lui avait un jour fait porter des roses de chez Lachaume, célèbre maison parisienne connue pour son élégance). Nous lui avons offert un magnifique sac-cabas Chanel. Cependant, quelques jours plus tard, je constate qu'elle a customisé son sac : ne le trouvant pas assez pratique, elle a collé à l'intérieur des étuis à lunettes pour y ajouter des rangements... Sacrée Geneviève !

À partir de ma nomination à la direction générale de Miss France, je vais souvent me retrouver à jouer les bons offices entre Geneviève de Fontenay et Endemol. Autant dire que, entre la dame née en 1932 et l'énorme groupe audiovisuel de téléréalité, les visions divergent assez rapidement sur ce que doit être ou non un concours de beauté. Dans les bureaux d'Endemol, il arrive d'entendre des réflexions sur le ton de l'humour comme : « Bon, on a qu'à toutes les foutre à poil avec un chapeau sur la tête. Ça va faire un carton. » Au même moment, à Saint-Cloud. Geneviève insiste pour maintenir sa grande farandole de costumes régionaux, qui ont, disons, subi les outrages du temps. Deux salles, deux ambiances. À dire vrai, il y eut aussi plusieurs grosses maladresses qui entamèrent sérieusement la patience de Geneviève. L'affaire Valérie Bègue, sur laquelle je reviendrai, mais aussi l'affaire Kelly Bochenko, cette candidate que Geneviève avait destituée en 2009 pour des photos dénudées dans *Entrevue* et qu'Endemol avait fait jouer dans « la Ferme Célébrités », comme pour la réhabiliter, dès 2010. Il faut d'ailleurs s'arrêter sur cet épisode trouble. Le 16 janvier 2010, je suis à San Francisco, où travaille Camille, mon mari, nous allons avoir notre premier enfant. Alors que je m'apprête à me rendre à l'hôpital pour accoucher d'Oscar, qui naîtra le lendemain, Geneviève m'appelle d'une voix décidée. Elle m'annonce que, si Kelly Bochenko rejoint le casting de « la Ferme Célébrités », elle quitte Miss France. Je suis effarée, stupéfaite, et traversée par mille émotions, obligée de gérer cet ultimatum à l'orée de ce qui devrait être le plus beau jour de ma vie. Dans un geste audacieux, sans me prévenir évidemment, Geneviève tente en plus une manœuvre en coulisses auprès d'Endemol pour substituer Cindy Fabre à Kelly Bochenko. Quelle est la logique ? Malgré ses critiques acerbes envers ce type d'émission de télé-réalité, elle justifie son coup de poker en affirmant que Cindy, elle, peut sans problème rejoindre « La Ferme », étant donné qu'elle n'a pas encore fait sa marque dans le monde du divertissement et qu'elle demeure relativement inconnue du public. « Elle n'a rien à perdre, personne ne la connaît de toute façon. » Geneviève était ainsi, parfois prête à tout pour atteindre ses objectifs, même si cela signifiait jouer avec le feu. Pour elle, la fin justifiait souvent les moyens. De mon côté, j'alterne les appels avec Virginie Calmels (à l'époque PDG d'Endemol), Philippe Stoltz (producteur de « La Ferme Célébrités ») et Geneviève de Fontenay pour essayer de trouver une issue favorable, entre les biberons de mon fils toutes les trois heures, et le papa d'Oscar qui travaille énormément… Je suis seule à Los Gatos, en Californie, loin du clan Tellier, qui me manque, ma famille, mes amis. Je sombre logiquement dans un *baby blues* atroce, perdant mes dix kilos de grossesse en moins d'un mois. Déprimée, je suis épuisée par une polémique à neuf heures de décalage horaire et un nourrisson qui ne fait pas encore ses nuits. Je ne dors plus et je sens qu'avec Geneviève quelque chose se brise. La direction d'Endemol était parfaitement consciente de l'impact que ce scandale aurait sur la société Miss France. Je me retrouve coincée entre deux feux. Est-ce qu'Endemol a utilisé cette affaire pour se débarrasser de Geneviève de Fontenay ? Je ne le pense pas. Ce qui importe, c'est le battage médiatique généré par ces émissions, et sur ce point, on pouvait toujours compter sur Geneviève pour surréagir.

D'autant que les anicroches se multiplient : je me souviens aussi d'une collaboratrice adressant par erreur un mail à Geneviève, mail qui ne lui était pas destiné, à propos d'un *prime*. Et pour cause : elle y était appelée « mamie », le petit surnom qui circulait dans les couloirs d'Endemol, mais que Geneviève n'apprécia guère lorsqu'elle lut : « Non mais, t'inquiète pas, on fait comme d'habitude, on dit rien à mamie, elle ne s'en rendra pas compte. »

Il y a clairement un choc culturel entre le côté Bisounours de Miss France et l'époque en train de changer, fascinée par les exploits de Loana dans une piscine. Et mon job est de faire le lien entre ces deux mondes. Job impossible. Le lien finit évidemment par craquer.

Intervient alors le célébrissime claquage de porte de Geneviève, un moment absolument fou. En ce début 2010, je profite du court *break* offert par la naissance de mon premier fils, toujours aux États-Unis. Peu importe, on me demande de revenir immédiatement faire un plateau en direct sur C8 pour commenter le départ de Geneviève du comité Miss France. Je laisse mon bébé avec son père et je rentre en France pour gérer la tornade médiatique. Il faut réaliser ce que cela représente pour une maman de devoir laisser son fils, quelques semaines à peine, alors qu'elle sort d'un accouchement et qu'elle a les hormones sens dessus dessous. Pendant ce temps, Geneviève annonce qu'elle va créer un concours concurrent et emmener avec elle tous ses délégués.

Concrètement, je me retrouve avec un concours Miss France sans délégués régionaux, sans Geneviève, et il faut que je rassure les médias : « OK, Geneviève est partie, mais Miss France reste Miss France, et il y aura une élection cette année ! » (Ce sera d'ailleurs Laury Thilleman.) Évidemment je suis affligée par la situation, je ressens une énorme blessure personnelle, un sentiment d'abandon, mais je vous ai promis une sincérité totale : ce fut aussi une opportunité d'enclencher un mouvement décisif du concours. Geneviève s'en va, c'est dramatique, mais c'est aussi, et j'assume ce que je dis, le départ de l'ancienne génération qui permet d'aller au bout de la modernisation du concours, tout en veillant à maintenir son identité. Cela, j'en suis intimement garante. D'autant que Geneviève avait une présence à double tranchant, très charismatique, mais aussi un peu « fil à la patte ». Avec les années, elle s'est progressivement installée dans le rôle ultra-conservateur de l'« empêcheuse d'avancer » : à chaque fois que l'on voulait changer quelque chose, introduire une idée nouvelle, Geneviève prenait la parole dans les médias et nous massacrait... alors même qu'elle était salariée de l'organisation. Il fallait chaque année éteindre un nouvel incendie, elle ne ratait jamais une occasion de critiquer le jury, et allait jusqu'à jeter la suspicion sur l'élection de certaines Miss, comme Alexandra Rosenfeld ou Chloé Mortaud.

Un nouveau chapitre

Là, il y a donc une vraie opportunité de clore un chapitre difficile pour tous. Il y a eu l'ère Geneviève de Fontenay, avec ce que cela représente. J'ai eu la chance d'apprendre auprès d'elle tous les fondamentaux qu'il fallait que je préserve, mais il est temps d'ajouter de la modernité, et la seule personne qui s'oppose à cela reste quand même l'incarnante, c'est-à-dire Geneviève. Cette situation était de longue date vouée à l'implosion.

Je l'ai déjà dit, je ne crois pas aux visions manichéennes du monde. Je crois que les choses sont plus souvent grises que noires ou blanches. Geneviève éprouvait sans doute une vraie souffrance à se défaire de ce qui était sûrement son enfant préféré : le concours Miss France. Et pour ma part, j'assume mon ambition de femme et ma vision du concours. Est-ce que cela justifiait de me traiter de Brutus ? Parfois j'ai eu l'envie de hurler au public à quel point tout cela était injuste. D'autant que j'ai même contribué à trouver une solution au conflit entre Geneviève et Endemol pour sortir de cette crise par le haut. Toutefois, en ce qui me concerne, j'avais deux options : soit je restais et j'étais la « mauvaise qui remplaçait Geneviève », soit je partais, mais les mains dans des poches vides, en jetant des années de boulot à la poubelle. À l'époque, je n'ai pas assez dénoncé cet ultimatum tout de même terriblement sexiste. Pourquoi n'aurais-je pas le droit de croire en moi ? Pourquoi devrais-je minorer ce que j'ai apporté au concours et faire une croix sur toute envie d'évoluer ? Pourquoi devrais-je me taire et aller où l'on me l'ordonne, quand on me l'ordonne ? Cette vision des femmes semble tout droit sortie d'une archive de l'ORTF, mais non, c'était il y a moins de quinze ans.

Geneviève s'en est allée, donc, et moi, je ne me suis jamais auto-proclamée nouvelle incarnation de Miss France. Quand elle est partie, vous souvenez-vous de ce que j'ai fait ? Je suis allée chercher Alain Delon. Je n'ai même pas osé prétendre à l'époque que je pourrais succéder à Geneviève, ce qui aurait pu être mon ambition. Je voulais rester en poste simplement parce que je croyais en mon projet pour Miss France. En tant que directrice générale, je gérais toutes les strates de notre travail avec mes équipes, mais je ne voyais pas cela comme une opportunité pour être sous les projecteurs.

Ce rôle de numéro deux, derrière l'incarnante, ce rôle de femme d'affaires, me convenait parfaitement. Oui, je voulais davantage être une femme d'affaires qu'une vedette. Même après avoir quitté Miss France désormais, tous les matins, je me réveille avec cette passion. Je n'ai aucun problème d'ego, peut-être parce que j'ai tout fait à l'envers par rapport aux autres. J'ai été élue devant 12 millions de personnes avant de gagner le moindre sou. Ce n'est pas parce que je quitte Miss France que je vais disparaître des projecteurs du jour au lendemain. En revanche, je le dis en toute transparence : je n'ai pas de patrimoine, je ne suis pas une héritière, j'ai envie de faire de l'argent. C'est mal ?

La plupart des gens qui héritent ou font fortune veulent ensuite obtenir la reconnaissance, la célébrité, le pouvoir. Moi, j'ai déjà eu une magnifique reconnaissance de la part du public. On me reconnaît dans la rue tout le temps. Mon ego est largement rassasié de notoriété. Dans dix ans, on se souviendra encore de moi comme « la dame des Miss », alors, je ne m'inquiète pas pour cela. Mais j'ai le droit de vouloir être une femme indépendante, qui gagne sa vie et réussit. Je défends ce droit pour moi, mais aussi pour toutes les autres femmes, car il est chaque jour remis en question par la société dans laquelle nous vivons. Et cela ne mérite pas d'être dépeinte en héritière ingrate de Geneviève, quand, au contraire, j'ai été la plus fidèle à sa force de caractère.

Même si ma foi m'ancre dans la croyance en la vie après la mort, cette réalité de ne plus avoir Geneviève avec nous, c'est un chapitre qui se referme. C'est étrange de ressentir ce vide, cette absence palpable. Les condoléances ont afflué, des messages chaleureux venant de partout, des gens de tous horizons, certains inconnus, d'autres de haut rang. Je leur ai répondu, tout en ayant du mal à réaliser que Geneviève ne serait plus là, pour me reprendre un peu sèchement, pour partager son opinion, ses conseils. C'est une sensation étrange, réaliser que je ne pourrai plus l'entendre.

J'ai répondu aux différents messages : « C'est vrai, c'est une partie du livre qui se referme. J'ai du mal à imaginer que je ne l'entendrai plus s'épancher sur l'actualité, les Miss, le monde, même si parfois la critique était un peu acerbe. Nous sommes tous de passage et l'important est de vivre pleinement et ne pas l'oublier. »

Car cette perte, c'est aussi une leçon, une piqûre de rappel sur l'importance de vivre pleinement, de ne pas laisser passer les moments, de ne pas oublier que nous sommes tous de passage. C'est comme une invitation à savourer chaque instant, à ne rien prendre pour acquis, à apprécier les voix, les opinions qui forgent notre quotidien. C'est ça, l'essence même de ce passage éphémère sur terre qu'est la vie.

Préjugé n° 5

Une Miss doit toujours être (absolument) impeccable

Où je vous parle du Nord et de La Réunion, mais pas pour vous parler de la pluie et du beau temps, plutôt de caractères orageux. Parce que le beau temps peut, quand on est Miss, subitement se transformer en tempête de yaourt. Je vous parle aussi de Spiderman et du sens des responsabilités, dont celle, immense, de faire briller les yeux des petites filles. Et, puisque la couronne est parfois bien lourde à porter, je vous réserve aussi quelques surprises plus légères.

Samedi 8 décembre 2007, Dunkerque. La météo annonce un coup de vent sur la soirée, elle ne croit pas si bien dire. Le thermomètre indique à peine 6 ou 7 degrés à l'extérieur, mais dans un Kursaal surchauffé, le public nordiste a répondu à l'appel, comme toujours. Patrick Bruel préside le jury avec sa chaleur méditerranéenne. Une jeune femme, surtout, semble avoir apporté avec elle la lumière de sa Réunion natale. Son sourire illumine le palais des Congrès. Avec Geneviève, nous l'observons depuis les coulisses. Les candidates, toutes coiffées d'un chignon bas de nuque, s'apprêtent à exécuter un nouveau tableau. D'un geste habile et vif, la jeune femme libère deux mèches de ses cheveux et entre en scène, sûre d'elle et amusée de son inoffensive rébellion. À mon oreille, Geneviève fulmine : « Celle-là, vous verrez, vous n'en ferez pas ce que vous voudrez ! » Les Français découvrent Valérie Bègue qui, ce soir-là, est élue Miss France 2008.

Jeudi 20 décembre 2007, aéroport Roland-Garros, île de La Réunion. Je n'ai assisté qu'à deux retours de Miss chez elles de cette ampleur en dix-sept ans de Miss France : Iris Mittenaere de retour à Lille après son titre de Miss Univers, et Valérie Bègue à La Réunion, qui n'avait pas gagné ce titre depuis 1976… Imaginez un aéroport bondé, des gens debout sur les voitures, une foule immense et fière. Nous mettons plus d'une heure à sortir du terminal malgré l'aide des agents municipaux. Certaines personnes pleurent sur son passage… Cependant, l'euphorie va être de courte durée. À la sortie de l'aéroport, je reçois un message sur mon BlackBerry me prévenant qu'une série de photos « trash » vient de sortir dans le magazine *Entrevue*. J'ai du mal à distinguer le contenu des photos sur mon écran et Valérie reste évasive. En réalité, elle a enfreint l'engagement pris par toutes les candidates en omettant délibérément de signaler des photos dénudées. Diffusées contre son gré par le photographe, elles sont d'un goût particulièrement douteux : la (très) jeune femme y lèche du yaourt ou prend des poses de Christ en croix. Nous sommes en route pour la préfecture, où Valérie doit être reçue par les autorités locales. La chaleur s'abat sur nous avec une intensité étouffante et humide, comme si le soleil lui-même pesait sur nos épaules. Nous sommes écrasés par l'excitation palpable qui électrise l'air, le voyage ajoutant une touche de confusion à nos sens déjà assaillis. Ajoutez à cela le climat tropical de La Réunion, où l'humidité semble saturer chaque brin d'air, et vous obtenez un mélange étourdissant qui nous enveloppe de toutes parts. Le cocktail est explosif.

Je décide d'appeler Geneviève de Fontenay avant que la presse ne le fasse, pour tenter d'éviter de nous retrouver dans l'œil du cyclone qui tourne déjà au-dessus de ma tête... Cette dernière me promet de ne pas prendre de décision hâtive et de laisser le temps à Valérie de s'expliquer. Moins de quinze minutes plus tard, Jean-Marc Morandini annonce sur Europe 1 que Geneviève interviendra en direct sur son antenne ! Nous sommes le 21 décembre 2007, Geneviève de Fontenay demande la démission de Valérie Bègue, puis fait le tour des plateaux TV, son magazine sous le bras, traitant la nouvelle Miss France de tous les noms. Problème : Valérie et Geneviève viennent de participer ensemble à trois émissions enregistrées qui seront diffusées entre Noël et le Jour de l'an, et qu'il est inenvisageable qu'elles ne se soient pas réconciliées avant leur diffusion. Pour ne rien arranger, une foule de photographes, de journalistes et de Réunionnais s'est massée devant l'hôtel où nous logeons. Lorsque nous sortons de la voiture, nous tentons de nous frayer un chemin jusqu'à l'entrée de l'établissement. À ce moment-là, un mouvement de foule se produit, notre photographe, Laurent Vu, est bousculé et son appareil photo heurte la bouche de Valérie. Sa dent de devant se casse net. Dans les yeux de Valérie, je perçois toute la détresse d'une jeune femme dépassée par les événements. Une intervention d'urgence chez un dentiste s'impose. Celui-ci parvient à soigner rapidement la dent, lui permettant ainsi de s'exprimer et de se défendre devant les journalistes. La jeune femme, à peine adulte, vient de connaître la gloire, mais elle est aussi exposée à la violence du scandale. Sur son île natale de La Réunion, là où elle aurait dû être accueillie en héroïne, elle est soudainement aspirée par la tourmente médiatique. Les émotions se bousculent dans son regard, mélange complexe de célébrité soudaine, de choc et de réparation d'une image écornée. Les projecteurs ont beau la trouver magnifique, elle ressent la pression d'une attention devenue incontrôlable, mais à laquelle elle doit répondre. La vie publique de Valérie Bègue vient de basculer en quelques heures dans une dualité déconcertante, entre l'ascension fulgurante et la chute brutale. Et pourtant, dans cette épreuve, elle trouve la force de faire face, un signe précoce de cette résilience qui, il faut le reconnaître, caractérisera son parcours.

Vendredi 28 décembre 2007, Paris. On a beau être dans la salle Royale de l'hôtel Royal Monceau, c'est une révolution qui a l'air de se dérouler ici. Les journalistes, photographes, télévisions et radios du monde entier forment une cohue foisonnante et vibrionnante. C'est ici qu'il faut être et nulle part ailleurs. Moi, je m'en passerais bien, merci ! Plutôt qu'une révolution, il est question de destitution. Valérie reçoit néanmoins de nombreux soutiens, de l'évêque de La Réunion à Christian Estrosi, ministre de l'Outre-mer, en passant par les animateurs du PAF et les élus de l'île, qui font union sacrée autour de l'enfant du pays. Il en faut davantage pour impressionner Geneviève, qui réclame sa tête, ou du moins sa couronne de Miss France. De toute façon, n'avait-elle pas prévenu le jury qu'elle ne « sentait » pas cette candidate ? Quant à moi, dans cet endroit magnifique de l'avenue Foch, je me retrouve littéralement entre ces deux femmes, ces deux caractères, ces deux générations. La veille encore, j'ai passé la journée avec Geneviève et la soirée avec Valérie pour tenter de leur faire accepter un compromis. Valérie conservera son titre, mais ne participera pas aux élections régionales aux côtés de Geneviève de Fontenay, ni aux concours internationaux. C'est oui, puis non, puis oui, puis non. Quand enfin les deux acceptent, je dois transmettre à leurs avocats respectifs un protocole d'accord. Finalement, elles consentent à se tenir à la même table devant les journalistes, moi entre les deux lisant le communiqué de presse tiré du compromis accepté par les deux femmes. Pourtant, l'accalmie ne sera que de courte durée… Me pensant enfin sortie d'affaire, nous décidons avec mon mari de prendre quelques jours de vacances. Alors que Valérie m'avait assuré qu'il n'y avait pas d'autres photos contraires au règlement Miss France, j'apprends à ma descente d'avion que le magazine *Choc* vient de publier une autre série de photos de Valérie Bègue, seins nus. Nous sommes le 23 février 2008, je récupère mes valises et reprends un vol en direction de Paris.

Au fond, ce qui se joue réellement est plus important qu'il n'y paraît : derrière l'affrontement brutal, sans nuance, inutile et regrettable, entre les personnes, c'est la vision du rôle de Miss France qui est en jeu, son élégance, son maintien, bien sûr, mais aussi l'exemple qu'elle donne. Pour paraphraser Spiderman et sa phrase fétiche, « un grand pouvoir implique de grandes responsabilités », je dirais que, pour les Miss France, un grand public implique une grande exemplarité. Miss France, ce n'est pas la vulgarité, ce n'est pas la célébrité facile à grand renfort de polémiques glauques, ce n'est pas être connue à n'importe quel prix et pour n'importe quoi. J'ai malheureusement conscience, en écrivant ces lignes, d'alimenter la machine infernale à buzz et à clashs, mais il faut parfois que quelques vérités simples soient dites.

Je m'efforce de ne conserver aucune amertume de cet épisode peu glorieux. En deux décennies, pourtant, peu d'événements m'ont réellement minée comme ce scandale. J'ai dit combien Geneviève m'en avait gardé rancune. Le comble, c'est que Valérie Bègue en a gardé tout autant ! Au point de s'en prendre à moi sur les réseaux sociaux... lors de mon départ de la Société Miss France en 2022, quinze ans plus tard. Pourtant, c'est bien moi qui ai mené, en délaissant mon fils Oscar alors en bas âge, les exténuantes journées de négociation ayant abouti à un véritable traité diplomatique pour sauver son titre. C'est aussi moi, avec l'aide inestimable de Xavier, mon ex-compagnon parti à Hollywood, qui l'ai mise en contact avec des réalisateurs et des studios pour qu'elle se lance dans une carrière d'actrice (entre vous et moi, après l'année que nous venions de passer, les non-dits, les revirements de situation, l'exposition médiatique, le stress... je pense qu'elle en avait toutes les capacités !). Parfois, je me demande si Valérie a conscience de tout ce que j'ai essayé de mettre en place pour adoucir un peu sa fin d'année chaotique. Lorsque Geneviève exige son bannissement du *prime* de décembre 2008, c'est aussi moi qui organise en catastrophe un duplex Los Angeles/Puy-du-Fou pour qu'elle participe tout de même à la soirée et rende son titre dignement. Ce qui m'attriste le plus, dans cette affaire, ce n'est pas l'outrance de Geneviève, à laquelle je me suis faite depuis longtemps, ni l'injuste antipathie de Valérie à mon égard, mais l'impossibilité de se parler, de se comprendre. Le refus de Valérie d'entendre que nous avons un devoir, presque moral, envers les millions de petites filles et de jeunes femmes qui nous regardent et qui parfois nous font l'honneur de nous prendre pour modèle. Même si je sais, aussi, que nous ne pouvons pas être des femmes parfaites, à toute heure du jour et de la nuit. Parfois la couronne est bien lourde à porter…

Sous l'œil du public

Alors, répondons franchement à la question : non, les Miss France ne sont pas absolument toujours impeccables… mais elles le sont la plupart du temps. Que feriez-vous si, grand classique qui arrive à chaque Miss ou presque, vous oubliiez votre écharpe au moment d'inaugurer un salon ou un gala régional ? Cela m'est arrivé ! Et j'ai pu compter sur Sonia Rolland, qui m'en prêta une… sur laquelle je devais évidemment cacher l'année avec ma main ! Comment réagiriez-vous si, comme Laury Thilleman, vous cassiez votre talon d'escarpin taille 42, donc irremplaçable, juste avant un show ? C'est aussi arrivé, et notre régisseur, Fifi Berger, a réglé cela d'un providentiel point de colle forte ! Et, cauchemar des cauchemars, quelle serait votre attitude si vous chutiez en direct lors d'une chorégraphie de la finale, comme c'est arrivé à Miss Mayotte il y a quelques années ? Ou comme Maeva Coucke, qui glissa lors de sa présentation à Miss Univers, se releva avec un sourire et se classa tout de même dans le top 10. Vous voyez : les circonstances atténuantes ne manquent pas.

Pour la Miss France dans son année de sacre, nous avons, néanmoins, beaucoup professionnalisé les choses. Impossible d'ignorer l'apport inestimable de mon cher Arnaud Sol Dourdin. Notre rencontre est une très amusante surprise de la vie ! En 2008, Arnaud accompagnait et coachait sa petite cousine pour une élection régionale en Normandie. À la fin du concours local, avec la plus grande courtoisie, il propose de me montrer son « book ». Les hurluberlus sont malheureusement légion et on regarde parfois avec un peu de circonspection un homme ayant dépassé la quarantaine, qui dit avoir travaillé pour Sharon Stone, mais qui se présente avec sa petite cousine… Et c'est pourtant vrai ! Maquilleur de stars, Arnaud est passionné par l'univers des Miss. Il a un talent secret : c'est aussi un incroyable spécialiste du *catwalk*, il défile lui-même avec une grâce absolument inimaginable. Arnaud a donc rejoint la famille Miss France et donne des cours de *catwalk* aux candidates. Pendant plus de douze ans à mes côtés, il a été notre indispensable directeur artistique pour la préparation des Miss aux concours internationaux.

Il y a vingt ans, les Miss devaient se coiffer et se maquiller elles-mêmes, y compris avant de partir en représentation pour des heures au Salon de l'agriculture ou devant des milliers de personnes lors d'un festival. Plus tard, j'ai mis à disposition des Miss un accompagnement au *make-up* et à la coiffure avec de vrais professionnels. Au point de recevoir le coup de fil d'une jeune Miss, excédée, un matin : « Mais où sont mes coiffeuses et maquilleuses ? », comme si c'était le dû le plus normal du monde ! Autres temps, autres mœurs.

Si nous veillons à toujours conserver un style soigné en public, c'est bien sûr… parce que nous vivons sous l'œil du public. Je vous l'ai dit sans trop rougir : j'ai toujours aimé être apprêtée, chic, habillée, je ne me vois pas amener les enfants à l'école en pyjama ou aller dîner chez mes sœurs ou des amis en jean troué. C'est ma façon de montrer du respect, de la considération à celles et ceux qui m'invitent ou que je rencontre. Idem lorsque je chevauche ma Mobylette et me faufile dans les embouteillages de la capitale. Mais certaines personnes se font une idée fausse, exagérée, de la sophistication à attendre d'une Miss. Lorsque je prends le métro comme tant de Parisiens, mode de transport le plus pratique à défaut d'être le plus agréable, il m'arrive parfois des péripéties surprenantes. Comme cette gentille mamie qui, me scrutant pendant plusieurs minutes, doit sûrement vouloir un autographe :

Eh bien non ! Au moment de quitter la rame, elle se penche vers moi et glisse avec compassion à mon oreille : « Ne vous inquiétez pas, le succès reviendra. »

D'ailleurs, après avoir parlé des sujets qui fâchent, et peut-être avant d'en aborder quelques autres, je vous propose une petite pause que je vais peut-être regretter, mais je me lance ! Après tout, charité bien ordonnée commence par soi-même, il n'y a donc pas de raison que je vous taise quelques moments… où je n'ai vraiment pas été à mon avantage. Je les ai même classés ! Voici donc un petit top 3 de mes « gênances », comme disent les jeunes d'aujourd'hui :

1. « Fort Boyard »

Dans « Fort Boyard », j'assume tout (ou presque). Si je figure sur le podium du plus grand nombre de participations à cette incroyable émission populaire, c'est parce que je suis une acharnée : pour mon équipe, pour l'association que nous représentons, pour le jeu lui-même, la compétition, le dépassement de soi. J'adore tout simplement ce jeu. C'est une chance extraordinaire de participer aussi souvent à l'un de ces grands programmes qui traversent le temps, marquent l'histoire de la télévision et réunissent les générations. À l'instar d'« Intervilles », « Fort Boyard » est un de ces jeux qui ont marqué mon enfance et mon adolescence, et il y a quelque chose d'un peu féérique à y vivre des aventures adultes.

Pourtant, j'ai bien conscience que mes hurlements de détresse lors de l'épreuve des serpents dans les catacombes ne sont pas le sommet de la retenue. Ma consolation : faire plaisir à celles et ceux qui comptent sur moi. De toute façon, c'est bien connu, le plus difficile dans « Fort Boyard » n'est pas de prendre un bain avec des crapauds ou des rats, mais bien de lire les commentaires impitoyables des internautes sur les réseaux sociaux lorsqu'on rate une épreuve !

Bien davantage que pour « Fort Boyard », s'il existe une émission pour laquelle j'appréhendais franchement les réactions du public et où je redoutais le risque du ridicule, c'était « Danse avec les stars », en 2016. Moi qui suis tellement portée sur le contrôle, la maîtrise, je me suis présentée à « DALS » avec une vraie envie d'apprendre, de m'amuser aussi, mais j'avais également une vraie crainte, celle d'être éliminée en premier, l'humiliation totale. J'ai travaillé d'arrache-pied avec Christophe Licata, mon partenaire de parquet, et j'ai finalement pris un plaisir fou dans l'émission (même si le jury ne semblait pas partager mon enthousiasme !).

2. Ma première (et dernière) rencontre avec Johnny

En décembre 2005, nous sommes au Palais des festivals de Cannes. Les candidates à Miss France sont logées dans de superbes palaces. Je suis aux anges parce que le concours passe un cap. Laeticia Hallyday a accepté de présider le jury… et de le constituer avec ses amis. Lorsqu'elle nous dit : « Est-ce que je peux venir avec Mathilde Seigner, Jean Reno, Johnny Hallyday, qui va chanter, Jennifer ? », toute notre équipe croit rêver devant ce jury cinq étoiles. C'est la première élection où je suis aux côtés de Jean-Pierre Foucault, le stress est à son comble. À l'époque, en tant que responsable des relations extérieures, je dois expliquer les modalités des questions aux candidates et le système de vote au jury.

La programmatrice de l'émission, qui gère le jury, me dit que tous les membres viennent dans le jet privé de Johnny. Jusqu'ici tout va bien. L'avion a un peu de retard à cause des tempêtes de pluie, plutôt rares à Cannes, de véritables mini-tornades (à moins que mon souvenir n'ait été aggravé par la panique qui commençait alors à m'envahir ce jour-là). L'avion risque d'être dévié à Lyon à cause de la météo. *Spoiler alert* : tout le monde s'en sort à la fin, sauf moi ! À un moment donné, je songe en effet qu'il faudrait quand même aller me préparer. Installée dans le fauteuil du maquilleur, visage à moitié peint, bigoudis sur la tête, j'entends dans le talkie-walkie : « Sylvie, ils viennent d'arriver, il faut que tu ailles faire le briefing du jury. » Je me regarde dans le miroir et je me dis : « Je ne peux pas y aller comme ça, je suis une grande fan de

Johnny Hallyday, *pitié*, je ne peux pas y aller avec des bigoudis sur la tête. »

Dans une situation comme celle-là, le mieux est d'assumer. Je me revois derrière cette porte de loge où est écrit « M. Hallyday », je prends une grande respiration, j'entre : « Bonjour, je suis Sylvie Tellier, directrice des relations extérieures, bienvenue à l'élection, je suis ravie de vous avoir. » Faut-il le préciser : Johnny reste impassible, impérial. Johnny, tout simplement. Après le briefing du jury, je retourne dans ma loge, je me regarde dans le miroir, et je pense : « C'est pas possible, Tellier. » Je n'ai jamais eu la chance de revoir Johnny Hallyday avant sa disparition.

3. Le doigt sur la photo

Décidément, cette année 2005 est celle des moments embarrassants. Bien que nous ayons cherché à introduire des nouveautés et une touche de modernité avec tact et (je n'ose pas dire) doigté, cela comporte également des prises de risque, parfois sources de scandales. Nous avons organisé la séance photo de groupe avec toutes les candidates vêtues de tee-shirts blancs et de slips de bain. Je trouvais que cela apportait un aspect très frais, sans trop de maquillage, et les cheveux lâchés donnaient l'impression de photos de notre époque, sans artifices exagérés. Notre première séance photo de groupe se déroule sur la plage des Villas du Lagon à Saint-Gilles, à La Réunion. Nous sommes tellement concentrés sur le style et la modernité de la photo que nous ne prêtons pas attention aux détails microscopiques. Lorsque la photo paraît en couverture de *TV Mag*, les lecteurs nous alertent qu'une des candidates y brandit un doigt d'honneur.

Ce geste a déclenché un scandale médiatique ; tous les journalistes veulent savoir à qui appartient ce doigt. Dix-huit ans plus tard, je ne suis même pas certaine que ce soit vraiment un doigt d'honneur. Lors de la prise de vue, nous avions demandé aux candidates de lever les bras puis de les baisser, je me suis demandé si c'était une candidate qui avait oublié de baisser son bras ou si c'était un geste intentionnel. Nous ne saurons jamais avec certitude qui était l'autrice de ce geste totalement vulgaire. Le temps a passé... La promo de 2005 est un peu rebelle. Ironie du sort, cette année-là, c'est une jeune fille plutôt sage, très sympathique et pleine de charme qui est élue : elle s'appelle Alexandra Rosenfeld.

Des chaperons et des loups

À cette (monumentale) exception près, chaperonner les Miss n'a jamais été très difficile. C'est même parfois extrêmement monotone. Certaines années, j'en viens à souhaiter qu'il se passe quelque chose. Bon, il est vrai que je demande aux hôtels de faire vider les minibars : ne pas avoir accès à l'alcool limite les dégâts potentiels. On interdit les sorties et on poste des agents de sécurité à chaque étage ; bref, si certaines pensent profiter de leur séjour pour tenter de nouvelles expériences nocturnes, c'est raté. Par ailleurs, les Miss partent un mois en préparation. S'amuser à ramener du cannabis ou pire dans leurs valises, à l'étranger ? Franchement, compte tenu des risques d'exclusion, pas sûr qu'elles jouent à ça. Ma devise préférée, combien de Miss l'ont entendue : « La confiance n'empêche pas le contrôle. » J'utilise la même avec mes enfants ! Plus sérieusement, leurs parents m'avaient confié des jeunes femmes à peine majeures pour certaines, et il était hors de question de les laisser dans des chambres de luxe avec de l'alcool, des garçons, etc.

Quand je me suis moi-même préparée à Miss France quelques années plus tôt, on avait l'habitude de se retrouver entre filles sur le toit de l'hôtel, à crapoter trois cigarettes et à manger du chocolat. Plus tard, j'encadre des candidates qui décompressent aussi lors de petites pauses cigarettes. Mais, globalement, ce sont des Miss, elles sont quand même là pour un concours, donc elles se tiennent. Jusqu'au 8 décembre à minuit au moins. Il arrive que certains carrosses se transforment alors en citrouilles, comme cette Miss régionale qui vous répond, avachie sur un escalier, clope au bec : « Je m'en fous maintenant, de toute façon j'ai perdu. »

Quant à la soirée de gala, elle est toujours intéressante. Il a pu m'arriver, à moi ou à l'un de mes collaborateurs, de retrouver des Miss dans les toilettes avec des membres du jury. La soirée bat son plein, les lumières scintillent, la musique emplit la salle d'une ambiance électrique. Au milieu de ce tourbillon de glamour et d'émotions, il faut décompresser, la tension prend parfois un tour plus... sensuel. Les collaborateurs s'activent, veillant au bon déroulement de l'événement, et plus vraiment à la conduite exemplaire des candidates ! Parfois, un collaborateur, soucieux de son devoir de surveillance, entreprend une ronde discrète dans les différents recoins du lieu prestigieux où se déroule le gala. Il pénètre dans les toilettes, espérant ne rien y trouver d'inapproprié. Pourtant, il est déjà arrivé de voir une candidate enlacée dans les bras d'un membre du jury. Leurs rires complices résonnent dans la pièce, mêlés à des chuchotements à peine audibles. La candidate, prise dans l'élan de la soirée, succombe à l'attrait de l'instant, oubliant momentanément les convenances. Face à cette découverte incongrue, on prend sur soi pour ne pas éclater de rire, perplexe face à cette situation inattendue au cœur de la soirée la plus prestigieuse de l'année. Voilà, c'est arrivé. Je ne donnerai pas de nom, c'était entre adultes consentants.

Avant d'être Miss France, j'avais déjà vu cela sur le Tour de France, en tant qu'hôtesse. Des dragueurs qui arrivent, coureurs cyclistes ou directeurs de course : « Tu veux changer de vie ? Chambre 312. » C'était pareil le soir de Miss France. Pour une qui avait gagné, des dizaines avaient perdu. C'est humain, et après tout c'est un choix personnel de femme... En revanche, j'ai toujours lutté contre toute forme d'agression, y compris ce qu'on appelait à l'époque la « drague lourde ». Les Miss ne voyageaient jamais seules, avaient presque l'obligation de refuser de faire des bises aux messieurs, ou devaient retirer un bras masculin posé sur leur épaule pour une photo... Et si, dans un dîner de sponsors par exemple, un homme croyait venir chasser de la Miss, il était toujours sévèrement recadré. Je sais, mieux que quiconque, le maintien que l'on exige des Miss, cette injonction permanente à la perfection, j'ai dit combien je crois nécessaire ce combat pour l'élégance. En revanche, pourquoi ne serait-il réservé qu'aux femmes ? Les hommes aussi doivent savoir être impeccables autant que faire se peut. Surtout dans leurs manières envers les femmes. « Un homme, ça s'empêche », disait l'écrivain Albert Camus.

Occuper la fonction de directrice générale ces dernières années m'a placée devant des choix plus difficiles que les questions de chaperonnage, des situations absolument extraordinaires qu'on n'aurait jamais imaginé rencontrer un jour. L'un des moments les plus bouleversants de ma vie professionnelle, mais aussi personnelle, est la tragique affaire Allison Benitez. Lorsque je prépare une élection régionale, j'étudie les dossiers, je prends connaissance des fiches des candidates pour mieux les connaître. Mais, en cette année 2013, le délégué Miss Roussillon, mon ami Thierry Mazars, m'appelle et m'indique qu'une candidate s'est tout simplement évaporée. Allison, une ravissante jeune femme qui devait concourir sous le numéro 4, a disparu le 14 juillet. Elle n'a pas seulement manqué des répétitions ou annoncé son abandon. Elle et sa mère, Marie-Josée, ont littéralement disparu.

Un drame sordide est en train de se jouer. Les gendarmes de Perpignan mènent des recherches dans l'Aude et les Pyrénées-Orientales. Mais, très vite, son père, Francisco, passe de principal témoin à principal suspect. Tout s'enchaîne et ce légionnaire de carrière se suicide dans la caserne où il est affecté, le 5 août 2013. On apprendra plus tard qu'Allison enquêtait sur une possible double vie de son papa. Face à de tels événements, le concours qui doit avoir lieu mi-août peut sembler d'une totale futilité. Mais des interrogations surviennent : « Qu'est-ce que je fais ? » demande Thierry. Et moi-même je ne sais pas du tout quelle est la meilleure attitude à adopter. Annuler l'élection ? De nombreuses jeunes femmes se sont préparées à ce moment-clef de leur existence, et je me sens mal à l'idée de leur faire perdre ce que certaines considèrent comme la chance de leur vie. Elles ont engagé des frais pour leurs tenues, leurs robes, leurs déplacements... Avec Thierry, le délégué, nous décidons de maintenir l'élection. C'est un moment hors du temps. Les plaquettes de présentation des candidates ont déjà été envoyées à l'imprimeur, la photo d'Allison figure parmi les candidates. Nous organisons un hommage. Les filles arborent toutes un bracelet de couleur en signe de respect pour leur concurrente disparue, tous les discours commencent par une pensée pour Allison.

Quelques semaines plus tard, un rebondissement survient en marge de cette affaire particulièrement glauque. Des ossements sont retrouvés près d'une station d'épuration à Port-Leucate. Et beaucoup plus tragique : une amie d'Allison, elle-même dauphine de Miss Roussillon 2012, et présente au concours 2013, est retrouvée pendue à son domicile. À ce jour, ni Allison ni sa maman n'ont donné signe de vie ni n'ont été localisées. Pour ma part, leur souvenir me marque à jamais.

D'autres souvenirs assez terrifiants me reviennent, liés ceux-là aux fans compulsifs qui peuvent parfois aller extrêmement loin dans leur obsession pour une Miss France. En 2013, Christophe, le petit ami de Marine Lorphelin, reçoit plusieurs coups de couteau pour la protéger d'un homme obnubilé par la Miss, et qui a suivi le couple dans ses déplacements.

Ce souvenir sombre résonne encore vivement en moi, un rappel brutal du danger latent qui peut émaner des fans obsédés. Un individu s'est ainsi introduit dans mon bureau, puis s'est présenté à mon domicile en mon absence ; la police a fini par l'arrêter en bas de mon bureau avec un taser et un couteau de boucher. L'homme a publié des menaces à mon encontre sur les réseaux sociaux. Comment explique-t-il son geste ? J'étais, dans son esprit dérangé, un obstacle à son amour pour Amandine Petit, qui a déclaré que je jouais un peu le rôle de sa maman pendant son année de Miss France. La terreur, mêlée à l'incompréhension, m'a étreinte lorsque j'ai pris conscience du risque auquel j'étais confrontée, devenant malgré moi la cible d'une fixation délirante.

Au rayon criminalité, nous avons aussi connu des épisodes complètement rocambolesques. Une année, à la veille du tournage d'un sujet très important, un de nos collaborateurs a emprunté la voiture qui devait être offerte à Miss France, une 306 cabriolet. Dans le coffre de cette voiture se trouvent aussi toutes les robes, évidemment précieuses, du tournage avec les Miss. En rentrant tard dans la soirée, le collaborateur emprunte une bretelle d'autoroute... où il se fait purement et simplement carjacker. Un moment ultra-violent, avec un pistolet sur la tempe, à l'issue duquel les bandits partent bien sûr avec la voiture et les robes, laissant notre collaborateur en pleine nuit dans une ville de banlieue parisienne qui lui est inconnue.

Parfois, il est difficile de faire le tri dans les motivations des agresseurs. J'ai subi ces dernières années plusieurs cambriolages et tentatives de cambriolage. Certains ont été perpétrés en bande organisée, par le réseau qui a aussi pratiqué des home-jackings chez Bruno Guillon, notamment. C'est une expérience toujours traumatisante, tous les Français qui l'ont connue peuvent en témoigner. Le plus troublant est que les cambrioleurs choisissent leur cible en fonction de la notoriété, qui ne rime pas toujours avec immense fortune, comme si la quête de célébrité, le *star-system*, avait contaminé la criminalité. C'est une nouvelle version… de la rançon de la gloire !

Diriger la Société Miss France, c'est aussi être confrontée à des choix presque impossibles à expliquer au grand public. Des choix inévitables pour protéger l'intégrité du concours dans le temps. Je pense, avec regrets, à la disqualification d'Anaëlle Guimbi, candidate à Miss Guadeloupe 2020. Lors de la compétition, cette magnifique jeune femme de 20 ans, engagée, brillante, fait l'objet d'une dénonciation anonyme pour avoir posé dénudée… dans le cadre de la campagne Octobre rose contre le cancer du sein. Le dilemme est terrible : maintenir la candidate expose directement l'association Miss Guadeloupe à des poursuites, que ne manqueront sûrement pas d'engager les personnes qui ont diffusé ses photos ; la disqualifier suscite un tollé, amplifié par l'indignation habituelle des réseaux sociaux. Je fais alors le choix de protéger l'institution mais, totalement convaincue de l'injustice de la situation (les photos n'ont aucune visée érotique ou pornographique), je propose à la jeune femme de candidater à nouveau l'année suivante, le temps de prendre les dispositions nécessaires. Elle refuse et je respecte son choix, même si demeure cette impression de gâchis.

Des sacrifices à consentir

Sans être heureusement aussi déchirant, le quotidien des Miss est fait de pression, de stress, de diktats de la perfection qui peuvent s'avérer très difficiles à supporter pour des jeunes femmes. Il faut souffrir pour être impeccable. Or, même en ayant l'habitude de prendre soin de son apparence (une tendance naturelle chez les candidates), être élue Miss implique de passer à un autre niveau de sophistication. L'image qui me semble la plus parlante est celle d'un joueur qui découvrirait la Ligue 1 de football ou le Top 14 en rugby : passé la joie d'être sélectionné et d'atteindre ce niveau de compétition, on comprend vite qu'il faut mettre les bouchées doubles pour suivre le jeu. C'est assez semblable pour une Miss : avec la médiatisation subite, l'attention du public est omniprésente du jour au lendemain et il faut alors opérer une métamorphose absolument sans égale.

Ces sacrifices, ce sont aussi les professionnels qui les exigent, parfois. Les shootings ne sont, ainsi, pas toujours une promenade de santé, et il faut savoir poser des limites. Je me souviens ainsi de la première séance photo de Malika Ménard. La scène se déroule au prestigieux hôtel Negresco de Nice. La promenade des Anglais s'éveille à peine. Quant à nous, nous avons encore des étoiles plein les yeux : son élection, quelques heures auparavant, s'est déroulée devant un jury présidé par Arielle Dombasle et qui compte des icônes de la mode comme Farida Khelfa et Jean-Paul Gaultier, excusez du peu ! Ce dernier se montrera toujours un incroyable partenaire du concours, bienveillant, inventif, merveilleux, j'y reviendrai. Lorsque *Gala* décide de réaliser un shooting « décalé » de la nouvelle Miss élue, une idée germe tout naturellement chez les responsables du magazine : reprendre une tenue mythique du couturier. Le célébrissime soutien-gorge à cônes, immortalisé par Madonna, sur la si réservée Malika, qui baisse la voix lorsqu'elle ne veut plus répondre aux questions des journalistes ? Impensable. Je dois, ce jour-là, jouer mon rôle de cheffe qui sait *cheffer* et je refuse cette mise en scène trop osée, et pour Malika et pour l'image du concours, même si je suis une fan absolue du travail de Jean-Paul. Résultat : une couverture rock, sans exagération, qui n'abîme pas l'image de Miss France auprès du jeune public et des familles.

Il faut dire que, quelques années auparavant, j'avais pris la décision d'être plus stricte sur l'organisation des shootings, et plus généralement sur ce qu'il est acceptable de faire faire aux Miss en matière de promotion. Des médias, OK, mais pas n'importe quoi et surtout pas n'importe comment. C'est autant un choix stratégique pour faire monter le concours en gamme que pour protéger les candidates et les Miss. Je n'ai pas gardé le meilleur souvenir de mon propre shooting pour *Paris Match* dans la nuit suivant mon élection. La famille de Fontenay me laisse ce soir-là complètement seule avec le photographe, qui me demande de poser chemise nouée sur le ventre, bouton de mon jean ouvert, sans écharpe Miss France. À la parution, Geneviève de Fontenay me hurle dessus quand elle découvre la couverture.

La nuit du sacre de Rachel Legrain-Trapani, en décembre 2006, reste aussi gravée dans ma mémoire comme un sommet d'émotions et de pressions en tout genre. Après avoir célébré la victoire de Rachel au Futuroscope de Poitiers, nous nous lançons dans une course effrénée jusqu'au prestigieux casino d'Enghien-les-Bains pour les séances photo prévues avec les magazines. C'est un véritable tourbillon d'activités, entre les lumières éblouissantes de la victoire et les flashes des photographes impatients. Pour moi, c'est surtout une première. L'année précédente, nous sommes restés à Cannes pour la séance photo d'Alexandra Rosenfeld, mais cette fois-ci, c'est une tout autre histoire. Face à l'urgence des demandes des magazines, je cède un peu à la pression, dictant le planning en fonction de leurs exigences. Un magazine veut une photo de Rachel dans une baignoire, un autre sur les rives paisibles d'Enghien dans une robe de soirée, et un troisième au cœur de l'effervescence du casino. Chaque instant est une course contre la montre, une épreuve pour Rachel et pour les équipes de maquillage et de coiffure qui l'accompagnent. Les séances photo s'enchaînent, entraînant Rachel dans un calvaire de changements, de maquillages, de démaquillages, de coiffures élaborées… Un véritable marathon de la beauté qui met à rude épreuve sa résilience et sa patience. Malgré tout, elle fait preuve d'un professionnalisme exemplaire, souriant devant l'objectif même lorsque la fatigue se fait sentir. De même, les interviews qui se succèdent sont une véritable épreuve pour Rachel qui, je peux le dire aujourd'hui, il y a prescription, ne peut s'empêcher d'être prise, à chaque nouveau passage à la télévision ou à la radio… de très violentes nausées !

C'est à ce moment-là que je prends une décision : dorénavant, je dois accorder plus d'importance au bien-être des Miss, même si cela signifie tenir tête aux exigences parfois irréalistes des magazines. Cette position ne me vaut pas toujours que des applaudissements ; je suis parfois qualifiée de « casse-pieds », mais je sais que c'est mon devoir de faire passer mes protégées avant toute chose dans ce monde étincelant mais exigeant qu'est la célébrité…

Dans l'univers Miss France, les péripéties se mêlent parfois au glamour avec une touche de

folie ! Je repense à ce mois de décembre 2006 : alors que l'excitation électrise l'air et que les robes étincellent de mille feux, une scène improbable se déroule avec la délicieuse Miss Paris et le génial styliste Nicolas Fafiotte. Imaginez-vous, dans l'effervescence des préparatifs, une bourde se glisse imperceptiblement : Miss Paris se voit remettre une paire de chaussures en taille 38, alors qu'elle danse gracieusement dans du 40 ! La situation devient rocambolesque lorsque le moment fatidique de l'entrée en scène approche. Miss Paris, déjà revêtue de sa robe chatoyante, réalise avec horreur que son petit peton rebelle refuse catégoriquement d'entrer dans l'escarpin prévu à cet effet. C'est le drame ! Mais c'est sans compter sur l'esprit ingénieux et débrouillard de notre cher Nicolas. Il se lance alors dans une mission périlleuse : faire entrer ce petit orteil récalcitrant dans la chaussure trop étroite. Avec une détermination à toute épreuve, il presse, il pousse, il triture, jusqu'à ce que, miracle, l'orteil rebelle cède, et la chaussure se referme sur lui, comme un cocon sur un papillon. Et c'est ainsi, dans une scène digne des contes de fées modernes, que Miss Paris, chaussée de souliers à la taille de Cendrillon, s'avance vaillamment sur la scène, défilant avec une grâce infinie malgré cet incident cocasse. Car, après tout, dans l'univers éblouissant de Miss France, même les mésaventures prennent une teinte de magie. C'est en tout cas ce que je me dis quand je repense à des shootings mémorables comme celui-ci, ou comme celui de Laury

Thilleman… La nuit est glaciale, les lumières de la place de la Concorde scintillent dans le froid hivernal. Laury Thilleman, les pieds nus sur le sol gelé, semble défier les lois de la météo. Dans la célèbre fontaine parisienne, elle se tient prête à affronter les températures négatives pour quelques clichés. Le défi est aussi rafraîchissant que mémorable. Laury plonge avec une énergie débordante, et malgré les frissons qui parcourent son corps, son sourire ne faiblit pas. Les éclaboussures d'eau glacée, les regards effarés des rares passants, tout contribue à rendre ce moment à la fois insolite et plein de vie. Entre deux prises, ses éclats de rire solaires résonnent dans la nuit parisienne. Laury défie le froid avec humour et courage, transformant cette séance photo en une aventure inoubliable. Dans la nuit de décembre, elle incarne la spontanéité et la bonne humeur, prête à tout pour capturer la magie de l'instant présent.

Pourquoi des Miss impeccables, cela compte

Au-delà des paillettes et des défilés scintillants, il est crucial de comprendre que l'univers de Miss France transcende le simple concours de beauté pour revêtir une vraie dimension sociétale. En arpentant les routes de notre belle France, j'ai pu tisser un lien unique avec ses habitants, bien plus profond que ce que beaucoup de politiciens peuvent revendiquer. Pour nombre de nos com-

patriotes, la façon de se tenir, de se comporter, de s'habiller, oui, cela compte. Quand on voit comment la classe politique se tient, par exemple en séance à l'Assemblée nationale, on se dit que quelques cours de maintien ne seraient pas de trop !

C'est précisément ici que le rôle des Miss France, au-delà de leur éclatante élégance, prend une dimension cruciale. Elles incarnent non seulement la beauté à la française, mais aussi un idéal d'écoute, d'empathie et de compréhension. En sillonnant les contrées de notre pays, en partageant les histoires, les joies et les préoccupations de chacun, les Miss deviennent les ambassadrices de cette élégance à la française, qui va bien au-delà des apparences.

Au-delà de l'écoute et de la connexion avec les citoyens, l'élégance à la française repose également sur des valeurs intemporelles telles que le respect des bonnes manières, la politesse et le maintien. En effet, la manière dont nous nous comportons dans notre quotidien reflète notre engagement envers le respect d'autrui et le souci du bien-être collectif. Je le crois profondément.

Les Miss France, en tant que modèles publics, incarnent ces principes avec grâce et distinction. Leur posture impeccable, leur langage courtois et leur attitude bienveillante transmettent un message puissant sur l'importance des bonnes manières dans la vie sociale. En adoptant une conduite exemplaire, elles invitent les jeunes générations à cultiver ces valeurs fondamentales, essentielles pour tisser des liens harmonieux au sein de la société. Oui, je le dis et je le répète : se tenir correctement, pratiquer la politesse et adhérer aux bonnes manières ne sont pas simplement des signes extérieurs de respect, mais également des vecteurs de cohésion sociale et de vivre-ensemble. Cela participe à la construction d'une communauté plus respectueuse et plus unie. En promouvant ces valeurs, les Miss contribuent à élever le niveau de civilité et d'harmonie dans notre société, rappelant que l'élégance véritable réside autant dans nos actions quotidiennes que dans notre apparence. Il est peut-être temps, d'ailleurs, que je vous fasse quelques confidences sur les relations « je t'aime moi non plus » des Miss avec le monde politique.

Préjugé n° 6

Les Miss, ça ne fait pas de politique

*Où je repense à l'idylle improbable
entre Arlette Laguiller et Geneviève de Fontenay.
Où je constate, sans trop en comprendre
la raison, que l'écharpe de Miss plaît davantage
aux maires qu'aux présidents de la République.
Et où, à la différence de nos chers hommes politiques,
j'aborde sans langue de bois quelques sujets brûlants.*

Si les Miss sont aussi scrutées, perpétuellement sous les projecteurs, c'est aussi parce qu'elles appartiennent aux rares personnalités, avec quelques stars du sport, de la chanson ou du cinéma, dont une parole mal maîtrisée, une attitude incomprise, une simple coupe de cheveux, peuvent déclencher un débat dans la société française.

Ce préjugé n° 6 est donc, en principe, tout à fait vrai : une Miss n'est pas censée faire de politique, car elle a vocation à représenter toutes les Françaises et tous les Français, sans distinction. Un peu à la manière des monarques britanniques, ou dans l'esprit de neutralité qui fonde la laïcité à la française. D'ailleurs, c'est un point très clair du règlement auquel souscrit toute candidate : Miss France est un concours apolitique et aconfessionnel et les candidates doivent s'abstenir d'arborer tout signe religieux ou politique, de même qu'un tatouage incitant à la haine ou contraire à la morale.

Cependant, puisque je vous ai promis toute la vérité, il existe un étonnant paradoxe : certes, les Miss sont soumises à un strict devoir de réserve, mais… beaucoup d'entre nous adorent parler de politique, suivent l'actualité et s'intéressent aux grands débats qui agitent le pays ! Rien d'étonnant, alors, à ce que, sitôt l'écharpe remise à leur successeure, certaines n'hésitent pas à user de leur liberté de parole. Élodie Gossuin a été, on s'en souvient, conseillère régionale de Picardie. Plus tard, Delphine Wespiser, une âme végétarienne et engagée pour la cause animale, refuse catégoriquement de porter du cuir lors des shootings et événements : un vrai casse-tête, mais elle ne transigeait pas sur ses convictions ! Son rêve était de rencontrer Brigitte Bardot, un vœu que j'ai eu le plaisir d'exaucer. Nous avons même lancé une collecte de fonds pour soutenir l'accueil des chiens des SDF, favorisant ainsi leur réintégration dans la société en partenariat avec un chenil situé à Vincennes ! Delphine incarne la détermination à agir, elle a fait un mandat municipal à Magstatt-le-Bas, en Alsace, tout en continuant bien sûr de défendre ardemment la cause animale, avant de se prononcer en faveur de Marine Le Pen, puis de Jordan Bardella... qu'elle qualifie de « très beau : le gendre idéal » ! Mais il faut reconnaître que l'ancienne Miss dont les engouements politiques ont toujours été les plus spectaculaires est Miss Élégance 1957, une certaine... Geneviève de Fontenay. La dame au chapeau a toujours aimé exprimer ses opinions. Plusieurs journalistes ont ainsi rapporté qu'elle aurait rembarré brutalement Jacques Chirac, alors Premier ministre, et très intéressé par la jeune Miss France 1987 (la superbe Nathalie Marquay) : « Je ne suis pas une mère maquerelle ! » Nathalie, quant à elle, garde au contraire le souvenir d'un homme élégant et parfaitement courtois.

Madame de Fontenay exprimait souvent ses convictions en public. En 2002, elle soutient Arlette Laguiller, emblématique candidate du parti trotskiste Lutte ouvrière, qui ne s'attendait pas à ce soutien. En 2007 et 2012, elle se range aux côtés de Ségolène Royal, puis de François Hollande. Geneviève suit indéniablement une boussole plutôt sociale, très populaire. Ses derniers engagements seront moins limpides, arborant un jour un gilet jaune sur les plateaux TV avant de juger le mouvement « stupide » quelques jours plus tard, s'exposant un jour aux côtés du dissident du FN Florian Philippot avant de s'en distancier peu de temps après.

Quant à moi, je me suis toujours interdit de faire de la politique, devoir de réserve oblige, ce qui ne m'a jamais empêchée de me passionner pour le sujet. Ce n'est pas vraiment un héritage familial : ma mère n'était pas très politisée, elle vient de la ferme, le concret compte davantage que le blabla et les grandes idées ; mon beau-papa, lui, est plutôt progressiste, sans être militant. Parmi mes grands souvenirs de télé, je n'oublierai jamais Jacques Delors à « 7 sur 7 » face à Anne Sinclair, renonçant à briguer l'Élysée. Et, quelques années auparavant, j'ai regardé fascinée le débat télévisé entre François Mitterrand et Philippe Séguin, à la veille du référendum sur le traité de Maastricht. Nous sommes en 1992, j'ai 14 ans, nos parents vont décider pour nous et, moi, j'ai un peu peur de l'Europe, de la perte de notre identité et de notre monnaie. Les adultes à l'époque m'ont expliqué que nous ne pourrions pas survivre seuls face à la mondialisation, qu'il faudrait être une Europe forte face aux puissances américaine et chinoise… Trente ans plus tard, ce sont nos agriculteurs qui se battent contre des poulets polonais à deux euros et le prix de la baguette a subi une inflation de plus de 200 % alors que le SMIC, lui, a péniblement doublé. Dans un genre très différent, mais toujours dans ce souci de m'informer et de suivre la vie politique de mon pays, voici une confidence qui en amusera certains et en fera grincer d'autres : en 2007, je me suis rendue incognito au grand meeting de Nicolas Sarkozy, casquette vissée sur la tête et lunettes de soleil, pour écouter ce que proposait celui qui deviendrait peu de temps après président de la République. Côté plus intime, le président Chirac a eu la touchante attention de nous adresser un mot de félicitations à la naissance de Margaux : il faut dire que, quelques années plus tôt, mon mari avait réalisé son service militaire à l'Élysée, sous sa présidence.

Des Miss superbement… ignorées par les présidents

J'ai toujours été étonnée par le fossé qui sépare élus locaux et élus nationaux sur un sujet comme Miss France. C'est aussi simple qu'incompréhensible : aucune Miss élue n'est jamais reçue par le président de la République ! Seule exception : la réception d'Iris Mittenaere à l'Élysée par François Hollande, en mars 2017, dans les derniers jours de son mandat. C'est moi qui ai sollicité cet entretien, qui restera gravé dans ma mémoire, car il représente la reconnaissance du travail accompli par l'organisation Miss France. François Hollande nous a ouvert les portes de son bureau plus d'une heure, montrant un réel intérêt pour le parcours de notre Miss Univers. J'ai découvert un homme plein d'humour et très avenant, bien loin de l'image véhiculée par les médias pendant son mandat. Pour l'occasion, le cabinet du président Hollande avait même eu la délicate attention de convier les parents d'Iris.

Mais, pour le reste, je ne m'explique pas cette forme d'indifférence, voire de mépris, envers le concours de beauté préféré des Français. D'autant que c'est tout l'inverse lors des concours régionaux, tous les élus locaux répondent à l'appel : maires, présidents de conseils départementaux, de conseils régionaux… tout le monde se bouscule sur la photo du grand quotidien local. Ce sont parmi mes meilleurs souvenirs. Je n'aurais raté pour rien au monde une élection avec le premier édile de Soulac-sur-Mer en Gironde, Xavier Pintat, avec qui nous parlons à bâtons rompus autour d'une bouteille de bordeaux, et en fond sonore le rire inimitable de ce bon vivant ! J'ai trouvé une belle complicité aussi avec Gil Avérous, dynamique maire de Châteauroux. Parfois, les rencontres sont plus inattendues. Il m'est arrivé d'expliquer dans un sourire à certains élus, « à l'ancienne », qui prennent volontiers par la taille une blondinette sympathique : « Je ne suis pas sûre que cela plairait à mon mari. » Effet garanti. J'ai eu aussi à gérer les alternances politiques, y compris avec des élus qui apprécient la polémique. Dans les mairies dirigées par les extrêmes, je suis un peu plus prudente. Lorsque le délégué Languedoc, qui connaît mon goût pour la politique, a organisé le tour de la ville de Béziers avec le nouveau maire, très médiatique, et la Miss locale, une de mes collaboratrices a purement et simplement refusé de m'accompagner. Je n'ai pas le droit, pour ma part, de choisir les déplacements selon la couleur politique de la mairie.

En deux décennies dans l'univers des Miss, j'ai rencontré de solides alliés dans toutes les familles politiques. Christian Estrosi a été un soutien fidèle des Miss, à la fois en tant que maire de Nice et secrétaire d'État à l'Outre-mer. Les présidents de grandes régions, Xavier Bertrand dans le Nord, Valérie Pécresse en Île-de-France et Renaud Muselier dans le Sud, ont aussi montré une attention constante à la réussite du concours. De l'autre côté de l'échiquier politique, Gérard Collomb, maire de Lyon, ancien ministre, aujourd'hui disparu, m'a honorée de sa considération et de son amitié, un soutien précieux dans ma vie après l'écharpe. Je ne l'ai pas souvent raconté, mais ma fin de règne de Miss France et le passage du flambeau à Miss Guadeloupe, Corinne Corman, ont évidemment changé un quotidien où je vivais au son du fax de GDF qui vous envoie chaque planning le matin… Je m'interrogeais sur le sens de ma vie, sur ce que l'avenir me réservait, comme n'importe quelle femme de mon âge, mais je me sentais aussi plus légère, prête à enchaîner avec une autre aventure. C'est alors que Gérard Collomb est intervenu, comme un ami qui vous accompagne. Lorsqu'il vous recevait dans son bureau, ce Lyonnais à l'œil rieur, grand érudit, dégageait une bienveillance apaisante derrière son côté professeur. Rencontré durant mon règne, il m'a offert une nouvelle opportunité, une porte de sortie vers l'après-Miss France. À mon retour à Lyon, après cette année éblouissante et, il faut l'avouer, une perte flagrante de motivation à passer le concours d'accès à l'école d'avocats, il m'a confié une mission au service du protocole, notamment sur l'accueil de la Coupe des confédérations à Lyon, en juin 2003. Ce souvenir reste gravé en moi, notamment le jour où, au bord du stade, j'ai assisté impuissante à l'effondrement tragique de Marc Vivien-Foé, à quelques mètres de moi, victime d'une insuffisance cardiaque lors de la demi-finale contre la Colombie. Cet événement a marqué un tournant dans ma reconstruction personnelle, m'offrant une perspective nouvelle sur la vie et sur mon avenir.

Après les obsèques de Gérard Collomb, j'ai d'ailleurs passé un inoubliable moment à évoquer nos souvenirs du défunt dans un bouchon lyonnais, comme un clin d'œil à l'attachement de « Gégé » à sa ville et sa gastronomie, avec Laurent Gerra et l'ancien ministre Thierry Braillard, radical de gauche, lui aussi toujours à l'écoute du concours Miss France. Dehors, Lyon pleurait son maire emblématique, un homme qui avait su marquer la ville de son empreinte bienveillante et visionnaire. Les rues étaient remplies de citoyens attristés, venus rendre un dernier hommage à celui qui avait tant fait pour cette ville. L'atmosphère était teintée de tristesse, mais aussi de la chaleur de nos échanges, de nos rires partagés. Quelques instants auparavant, j'avais eu quelques mots avec Édouard Philippe. L'œcuménisme est pour moi une règle de conduite.

L'efficacité plutôt que l'étiquette politique

Il m'est ainsi arrivé plusieurs fois de nouer des relations authentiquement sympathiques avec certains politiques, en considérant souvent davantage la personne que l'étiquette partisane. Marlène Schiappa, par exemple, a été la première à me défendre quand les féministes intégristes ont commencé à m'attaquer. Dès l'élection d'Emmanuel Macron et sa nomination au ministère de l'Égalité hommes-femmes, elle m'a reçue. Elle me dit alors : « Mais en fait je ne comprends pas le procès qui est fait à Miss France, c'est du divertissement. Je peux comprendre la vision de certaines féministes, mais si les gens regardent, c'est que cela correspond à des attentes actuelles. » Elle est brillante, je me dis qu'on se comprend, ça matche comme on dit, en voilà enfin une qui intègre l'idée qu'on peut être une femme contemporaine, totalement dans son époque, et qu'on peut rêver de Miss France… et même y travailler !

J'ai toujours été assez active contre les violences faites aux femmes, notamment avec des comités pionniers comme celui du Nord-Pas-de-Calais qui, chaque année au début de l'élection régionale, affiche des panneaux contre les violences sexistes et sexuelles. C'est une catastrophe contre laquelle je refuse de baisser les bras. Mais j'agis à ma façon, très concrètement, sans faire d'idéologie. Miss France est un moment de très grande écoute qui permet, aussi, de toucher de très nombreuses téléspectatrices victimes, dans tous les milieux sociaux, bien plus largement qu'un tract ou une manif. D'ailleurs, cela devrait faire réfléchir celles et ceux qui ne trouvent à ce programme que des défauts…

C'est une cause qui nous a immédiatement unies, Marlène et moi. On s'est d'ailleurs retrouvées très vite au centre d'appel du 3919 Violences Femmes Info, dans le 19e arrondissement de Paris, pour marquer cet engagement commun. Ce jour-là, il y a avec nous Maëva Coucke, élue Miss Nord-Pas-de-Calais 2017, puis Miss France 2018. C'est assez impressionnant, ces écoutantes, casque sur la tête, qui gèrent des situations parfois extrêmement violentes, évitent des drames, sauvent des femmes et des enfants. Cela me parle, cette solidarité en actes, peut-être parce que c'est justement tout sauf du blabla. Ce sont des mots qui comptent au moment où des vies peuvent basculer. Ce jour-là, j'ai aussi fait la connaissance d'une femme formidable, la mannequin française Cindy Bruna, devenue l'une des premières mannequins de couleur à défiler pour Victoria's Secret. Elle a aussi défilé pour Jean-Paul Gaultier, Alexander McQueen ou Vivienne Westwood, mais le succès ne lui est pas monté à la tête, au contraire elle a les pieds sur terre et l'envie d'aider. C'est une femme forte, agissante, comme les écoutantes du 3919, Maëva, Marlène et moi. J'aime ça.

Avec Marlène, ça a donc matché en dépit de nos différences : la blonde et la brune, la Vendéenne et la Corse, le sang froid et le sang chaud, la Miss de tous les Français et la politique qui défend son camp bec et ongles. Marlène, elle envoie du bois ! Mais c'est ainsi : j'aime échanger, j'aime les femmes qui ont du caractère, de la répartie. À y regarder de plus près, je vois surtout deux guerrières qui n'ont pas peur d'aller au bout de leurs ambitions tout en menant de front carrière et vie de famille, féminité, et engagements solidaires. Des femmes et mamans *badass* du XXIe siècle, comme il en existe tant. Peu importe les étiquettes, cela mérite le respect à mes yeux. Évidemment, les médias n'ont pas pu s'empêcher de chercher la petite bête et de nous inclure, avec d'autres femmes publiques, dans un soi-disant club des « L5 ». J'adore chanter « Touuuuutes les femmes de ta vie » sous ma douche, mais je crois que, de la part de ces médias, c'était dit avec un brin de mépris. Au risque de les décevoir, nous n'avons pas de club secret avec Marlène, mais une relation de confiance et de travail. Elle m'a ainsi demandé d'être marraine de l'Orange Day avec l'illumination du ministère de l'Intérieur place Beauvau, en novembre 2020, pour la Journée de l'élimination des violences faites aux femmes. Je l'ai accompagnée au titre de mon association Les Bonnes Fées, en avril 2023, à l'assemblée générale de l'ONU pour l'adoption d'une résolution importante sur l'économie sociale et solidaire. Et bien sûr j'ai été décorée de la médaille de l'ordre national du Mérite de ses mains de secrétaire d'État chargée de l'Économie sociale et solidaire et de la Vie associative. On se parle franchement, je lui envoie de temps en temps un texto. D'ailleurs, quand elle a fait son fameux shooting pour *Playboy*, je lui ai dit : « Pourquoi ? Pourquoi cette lumière, cette direction artistique ? Quitte à faire ça, tu demandes des conseils et tu exiges un résultat impeccable ! » Marlène s'en fiche, de son image, elle est carrée, elle est comme ça. Et puis, la réalité, c'est que rien ne va jamais quand on parle de l'image d'une femme politique aujourd'hui. Il suffit de se souvenir des reproches faits à Rachida Dati, critiquée pour être apparue tirée à quatre épingles, pas un gramme de trop, seulement cinq jours après son accouchement !

Prendre le parti de l'élégance

On me demande parfois si je suis de gauche ou de droite. Comme beaucoup de Français, je suis perdue, j'ai du mal à me situer dans un paysage politique qui ne fait pas très envie. J'ai été plutôt déçue par nos derniers présidents. Et puis, comme beaucoup de Français, je suis plutôt de gauche sur certains sujets, quand je suis plutôt de droite sur d'autres. Je crois par exemple intimement à l'égalité des chances. Il n'est pas normal qu'un élève motivé et travailleur soit condamné, à cause de son milieu, de son quartier, de son lycée, à échouer, à ne pas poursuivre ses rêves, à rester bloqué à jamais dans sa classe sociale. Ce piège de la reproduction sociale, qui vous condamne dès la naissance comme l'a très bien montré le sociologue Pierre Bourdieu, ce piège peut vous rendre fou, vous faire enrager contre un plafond de verre terriblement injuste. Surtout, il vous parasite l'esprit en permanence : quand on a des parents qui ont déjà du mal à joindre les deux bouts, on ne se pose pas la question de faire du piano ou de la flûte traversière, mais de remplir le réservoir de la voiture familiale ou le frigo. Pour autant, j'ai aussi vécu la colère de la classe moyenne, d'une mère au SMIC qui, certes, percevait une bourse scolaire et des allocations familiales, mais gagnait moins en trimant que la famille voisine avec cinq enfants et deux parents au chômage. C'est le genre de situation qui vous rend fou quand vous bossez dur. On n'encourage plus l'effort. Cela, ce n'est pas normal, et ce constat de bon sens a structuré chez moi un profond amour pour la valeur travail.

Je ne sais pas si les catégories « droite » et « gauche » correspondent encore à grand-chose. J'aime bien l'idée de la politique non politicienne, pratique, efficace. C'est sans doute mon côté provincial qui parle, mais j'apprécie surtout le rôle de maire – maîtriser son budget, mener des projets, voir ses électeurs au quotidien. À l'inverse, je le dis à certains élus nationaux, surtout les députés, quand il m'arrive d'en croiser : le spectacle qu'ils donnent à l'Assemblée nationale est insupportable ! Qu'est-ce qui motive quelqu'un aujourd'hui à participer au cirque qu'est devenue la politique nationale ? L'ego, le pouvoir ? Je ne comprends pas. Je ne sais pas s'ils s'en rendent compte, mais parfois j'ai honte pour eux, et beaucoup de citoyens m'ont dit ressentir la même exaspération ces dernières années. Il n'y a plus aucune élégance, aucune tenue, y compris vestimentaire. Nos parlementaires ont de la chance que je ne sois pas au perchoir, sinon je leur inculquerais quelques valeurs de maintien qui comptent à mes yeux. Se tenir, c'est essentiel. Se respecter, respecter les personnes, respecter ses aînés : même lorsque mon père manquait à tous ses devoirs ou que Geneviève m'adressait des SMS incendiaires, je n'oubliais jamais qu'il s'agissait de celui dont je porte le nom d'une part, et d'une femme née en 1932 d'autre part.

Nous assistons à une sorte de délitement généralisé qui emporte tout sur son passage : la bienséance, la politesse, le respect, et *in fine* une part de notre culture française. Les Miss ne sont pas à l'abri des secousses qui agitent la société, elles vivent dans leur temps. Quand les réseaux sociaux sont apparus, mon premier réflexe a été de me dire « le concours Miss France est foutu ». Et puis je me suis souvenue que c'était le rôle de chaque génération de transmettre son expérience et ses valeurs à la suivante. Si les élites politiques, mais aussi culturelles, économiques, ne montrent pas l'exemple, comment déplorer la perte de repères dans la nouvelle génération ? Oui, on peut dire à une jeune femme qu'elle n'est pas obligée de poster des selfies vulgaires sur ses réseaux sociaux, ou qu'il est grossier de laisser son téléphone sur la table pendant un repas, ou qu'on prévient et présente ses excuses lorsqu'on arrive en retard. L'essentiel n'est pas toujours de se montrer, d'être vu à tout prix, de s'instagrammer comme cette Miss que j'ai invitée à ma cérémonie de remise de l'ordre du Mérite et qui m'a répondu : « Ah, désolée, j'ai une avant-première de film ce soir. » À l'inverse, Diane Leyre, qui se levait à 4 heures tous les matins pour sa matinale radio, m'a répondu avec classe et humour : « Tu as consacré ta vie aux Miss, je peux bien te consacrer une heure, et c'est à moi de venir te voir couronnée. » Comme quoi, l'élégance et l'esprit n'ont pas d'âge…

Si je me suis acharnée à défendre cette étiquette, ce n'est pas par passéisme, mais parce que je crois sincèrement que ce sont des codes précieux pour des jeunes femmes au XXIe siècle, surtout quand elles sont issues d'un milieu modeste, comme cela arrive souvent dans le concours Miss France. Je ne veux pas qu'une candidate qui n'a pas eu la chance d'apprendre les règles du maintien et de l'élégance dans son milieu d'origine soit désavantagée par rapport à une autre, issue d'une famille plus favorisée. Égalité des chances, valeur travail, dignité en toutes circonstances : voilà des valeurs qui me parlent et que je me suis attachée à défendre ces dernières années. Tenir et *se* tenir.

Est-ce qu'au fond tout cela a de l'importance, face aux défis aussi énormes que les pandémies ou le changement climatique ? Oui, je le crois. Parce que la civilité, la politesse, le souci des autres, c'est le contraire du clash et la guerre de tous contre tous à laquelle on assiste de plus en plus souvent. C'est le contraire de la violence politique dont l'Assemblée nationale est trop souvent le théâtre, comme de l'individualisme qui envahit petit à petit la nouvelle génération. Si chacun œuvre à un monde plus respectueux, plus élégant dans les relations humaines, ce n'est pas plus mal, non ?

Zéro langue de bois

Je l'ai dit : mes années à la tête de l'organisation Miss France m'ont imposé neutralité et réserve. Mais je jouis désormais d'une liberté nouvelle, et j'ai toujours eu le courage de mes convictions. Je n'ai pas forcément envie de soutenir telle personnalité ou tel parti, car cela vous colle une étiquette définitive qui ne me convient pas. J'aime écouter tous les avis, même si m'effraient les extrêmes, qui ne me semblent pas à même de rassembler une majorité, de créer un consensus, pour une politique efficace.

Mais j'assume de donner mon avis sur les questions qui se posent à notre société, en citoyenne libre. J'ai soutenu dès les premiers jours la mobilisation des agriculteurs en janvier 2024, parce qu'ils incarnent, comme les Miss, une certaine idée du terroir français, de notre histoire, de notre géographie. Nous n'avons pas été très nombreux à prendre la parole publiquement à l'instar de Karine Le Marchand.

De même, j'ai affirmé, au risque de déplaire, mon soutien à l'expérimentation de l'uniforme à l'école. Après tout, c'est moi qui ai imposé la tenue unique aux Miss ! Avant cela, certaines arrivaient avec des chaussures bon marché, d'autres des escarpins de luxe. La différence sociale se voyait aussi à la tenue, aux bijoux, etc. Tout cela est parfaitement transposable à l'école : nos enfants connaissent les mêmes problématiques de vêtements de marque, de jalousie, de harcèlement scolaire bien sûr, auxquelles l'uniforme n'est pas la seule mais une réponse possible.

Je crois profondément que l'ordre, l'autorité, que véhicule l'uniforme, peuvent faire beaucoup de bien à des enfants en construction. Lorsque j'avais 11 ans, le papa de ma meilleure amie, Karen, était gendarme. Et j'ai pu avoir accès une année à la colonie de vacances de la gendarmerie organisée à Bernex. L'été de mes 11 ans, nous sommes donc parties un mois là-bas (cela correspond à l'époque où mes parents ont divorcé et j'avoue que cela a été une bouffée d'oxygène de m'évader du contexte familial pendant un mois). J'ai adoré cette expérience encadrée par des moniteurs-gendarmes de formation. Nous avions des jeux de piste en montagne pour tester notre sportivité et notre sens de l'orientation, mais aussi des inspections des chambres surprises ! J'ai pu faire mon baptême de plongée en piscine, m'initier à énormément de sports, mais je pense surtout que le côté structuré de la colo à cette époque de ma vie a fait beaucoup de bien à l'adolescente un peu désorientée par sa vie familiale.

Je me suis également prononcée en faveur de l'uniforme parce que notre époque est aussi confrontée à un véritable problème de décence. Chaque famille y fait face, quotidiennement. J'ai failli défaillir lorsque mon mari a emmené notre Margaux acheter, en bon papa qui se fait parfois avoir par son ado, un jean troué chez Zara. Et quoi encore, un crop top, un baggy avec un string qui remonte ?

Oui, il y a en France un vrai problème avec la façon dont les jeunes filles sont habillées à la sortie du collège. Nous, adultes, avons une responsabilité dans le fait de protéger nos enfants. Au-delà, c'est une question de vivre-ensemble. Ne peut-on pas expliquer sereinement à nos enfants qu'il est essentiel d'avoir de la pudeur ?

Cela, je l'explique aux Miss, fussent-elles anciennes Miss France ! Me revient le souvenir de ce dîner d'après-élection, en présence des délégués et partenaires, où j'ai eu cette conversation difficile avec Alicia Aylies. La nouvelle Miss en titre portait sa tenue officielle et posait avec ses différentes prédécesseures. Lorsque Alicia monte sur scène avec un tailleur extrêmement échancré, une discussion un peu houleuse s'engage :

« Trop de décolleté pour la photo !

– Tu peux pas me laisser tranquille ? Tu vois, tu me mets de côté, tu me respectes pas, je ne suis plus Miss France, alors respecte ma liberté. »

Je n'ai pas cédé, car chacune doit comprendre que nous avons une image. Je veux que les petites filles se reconnaissent en Miss France et je ne veux pas qu'elles pensent qu'il faut automatiquement se déshabiller pour réussir dans la vie. Je ne veux pas envoyer le signal à une petite fille qui a 9 ou 10 ans que, pour être connue, pour être dans le *mouv'*, il faut montrer sa poitrine. Je suis un peu vieux jeu là-dessus : pour moi, quand tu es obligée de te déshabiller, c'est un peu la dernière cartouche dans la vie.

Je ne pratique pas la langue de bois, y compris sur des questions relatives au concours lui-même. Sur un sujet aussi brûlant que la place des personnes transgenres dans le concours, par exemple, je ne veux pas me défiler. J'ai joué dans *Miss*, le film de Ruben Alves, où Alex, un garçon, veut devenir Miss. Il va sans dire que je respecte les personnes transgenres, qu'elles méritent une égalité des droits et que j'admire le courage incroyable que nécessite une transition de genre.

Si une personne a eu recours à des opérations chirurgicales pour s'aligner sur son identité, je respecte cette démarche profonde. Pour autant, je suis dubitative sur le fait de réunir tout le monde dans un même concours de beauté, élection où le souci d'équité est omniprésent. Dans le règlement du concours Miss France, la chirurgie esthétique est interdite. Mais qui sommes-nous pour juger de la nécessité de telle ou telle intervention ? Quid de la jeune femme dépourvue de poitrine qui souhaite avoir recours à une chirurgie mammaire pour éviter une dépression ? Est-ce plus ou moins « acceptable » aux yeux du règlement que les interventions esthétiques lors d'une transition de genre ? Qui suis-je pour trancher cette question ? Et, en toute honnêteté, je ne voulais pas avoir à le faire. Si les personnes transgenres peuvent se présenter au concours Miss France, n'est-il pas souhaitable, par souci d'équité, de retirer du règlement l'interdiction d'avoir recours à la chirurgie esthétique, qu'elle soit réparatrice ou à seul but esthétique ?

Il est essentiel de considérer la diversité, mais intégrer des candidates transgenres dans ce concours est plus complexe qu'un slogan. Je comprends qu'on ne veuille pas rester cantonnée dans un concours spécifique « Miss Trans », et cette question semble difficilement soluble. Pour tout dire, je ne crois pas trop au discours officiel, qui semble désormais accueillant envers tout le monde, y compris les personnes transgenres. Derrière ce « tout le monde est *welcome* », dans la réalité les choses ne se passeront sûrement pas aussi facilement. Je crains que des filtres n'apparaissent ailleurs, notamment en amont, pour empêcher les candidates transgenres d'atteindre le niveau national.

Écrire ce livre, je l'ai dit, m'offre l'occasion de vous parler à cœur ouvert… y compris des sujets qui fâchent. Or, depuis quelques années, une accusation voilée, une rumeur, certains tweets, colportent une idée fausse à mon sujet, une idée qui me révolte et dont je veux parler ici sans détour : on me prête un « problème » avec les candidates métisses ou afro-antillaises. Ces accusations sont non seulement infondées mais blessantes. J'ai entendu, parfois, que je ne pouvais pas comprendre les besoins en maquillage ou en coiffure de telle ou telle candidate. Pourtant, je suis moi-même coiffée depuis deux décennies par des femmes de toutes origines, avec des cheveux très différents des miens, et elles ont mon absolue confiance car, comme moi, ce sont des professionnelles. On m'a même reproché mon affection pour Amandine Petit, à l'égard de laquelle ma soi-disant préférence viendrait… de notre blondeur. Là, on marche sur la tête, c'est le cas de le dire.

Cela me met tellement en colère qu'au début je n'ai pas su quoi répondre : que, sous ma direction, les Miss France issues de la diversité ont été très nombreuses, jusqu'à l'élection d'Ève Gilles que j'ai eu l'honneur de présider en 2023 ? Je n'ai absolument pas envie d'utiliser cet argument, car il reviendrait à m'approprier leurs mérites et surtout : je refuse de réduire des femmes intelligentes, déterminées, sublimes, à la couleur de leur peau. Je sais que cela ne plaira pas, en ces temps où chacun se définit par sa communauté ethnique, son origine, sa religion ; moi, je ne vois pas tout cela, je vois la communauté Miss France, des femmes destinées à être les ambassadrices de toutes les Françaises et de tous les Français. Cela ne peut pas faire de mal, à l'heure où il est parfois tabou de dire qu'on aime son pays, qu'un événement comme Miss France fédère toute la communauté nationale, si souvent fracturée dans l'actualité. Moi, je le dis haut et fort : j'aime la France, et j'aime toutes les Miss qui la représentent dignement. Cela ne veut pas dire qu'il ne faut pas être attentif aux questions de diversité. Par exemple, je ne m'explique pas vraiment qu'aucune Miss France ne soit issue de l'immigration maghrébine, pourtant installée de longue date en France. Lorsque Malika Ménard a été élue, certains y ont d'ailleurs un peu trop vite vu un symbole, alors qu'aucun de ses parents ne vient de l'autre côté de la Méditerranée. Sans entrer dans une logique de quotas ni de discrimination positive à l'américaine, ce serait sans doute un joli signe d'intégration dans la culture française d'avoir une Miss France aux origines maghrébines.

Un autre sujet a déchaîné les passions ces dernières années concernant le concours Miss France : la participation des candidates mariées et mères de famille. Je l'ai dit : j'aime avoir une approche concrète plutôt qu'idéologique des choses. J'aime aussi pouvoir changer d'avis si l'on m'apporte des arguments convaincants. C'est ce qui s'est passé sur cette question délicate. D'abord, précisons d'emblée que je n'ai rien contre les mères de famille, c'est une évidence : je suis même très favorable à la reconnaissance d'un vrai statut du parent au foyer (femme ou homme). Éduquer la future génération mérite d'être rétribué, reconnu et respecté. Avec, bien sûr, pour contrepartie, de limiter à l'inverse les aides sociales pour les parents défaillants qui ne s'occupent pas de leur progéniture. Mais revenons aux Miss mamans, sur lesquelles un événement récent m'a fait évoluer. Lors du concours Miss Univers 2023, que je commentais à la télévision, j'ai comme beaucoup d'entre vous été fascinée par la classe, le *catwalk* parfait, le charme absolu de Miss Colombie : Camila Avella, diplômée de journalisme et de communication, mariée et heureuse maman de deux enfants. Camila a très logiquement atteint le top 5, une performance historique. Ce n'est bien sûr pas la participation de mamans au concours qui m'interroge, mais bien… l'année qui suit. Car, pour l'avoir vécue, et pour avoir vu une quinzaine de Miss la traverser, cette année est littéralement impossible à vivre avec une famille. Cela signifie, très prosaïquement, qu'ouvrir le concours aux mères de famille sans les prévenir de cette charge sidérante de travail, de déplacements, d'émotions, revient à mettre de jeunes familles en danger.

Ce qui est vrai pour des déplacements entre Lille, Marseille et Fort-de-France l'est encore davantage entre Bangkok et New York pour Miss Monde et Miss Univers. C'est un risque que je n'ai jamais désiré faire prendre aux candidates dont j'ai eu la charge, ni à des enfants et conjoints.

Ces sujets ont pris une importance démesurée dans les débats qui entourent le concours ces dernières années. Pour ma part, j'ai toujours veillé à respecter, lorsque je représentais l'institution Miss France, le devoir de réserve qui s'imposait. Respecter les règles, c'est une valeur un peu désuète pour beaucoup, pas pour moi. Je ne peux d'ailleurs achever ce chapitre sans vous dévoiler la mémorable conversation que j'ai eue, à ce propos, avec un monument du cinéma français, la star par excellence, qui nous a fait l'honneur de présider le jury Miss France : monsieur Alain Delon. L'interprète éblouissant de *La Piscine* et du *Samouraï* a accompagné le concours plusieurs années. Je le dis sans détour : je l'ai toujours trouvé sublime, d'une classe folle, d'une bienveillance pleine de respect et d'élégance, bref j'assume être une fan de toujours. Malgré son âge avancé, Alain Delon n'a jamais laissé aucune Miss indifférente. Il faut l'imaginer nous *drivant* sur le tapis rouge à Cannes, distillant ses conseils dents serrées : « À droite, souriez, stop, à gauche, tournez la tête, souriez. » Un homme drôle, vrai, accessible… mais un homme entier dans ses engagements. En 2013, après plusieurs déclarations polémiques par lesquelles il fait état de son soutien au Front national, je dois rappeler par communiqué : « Nous demandons au jury de l'élection, ainsi qu'aux candidates elles-mêmes, de ne pas faire état de leur couleur politique, religieuse et idéologique. » Piqué, Alain Delon se démet avec fracas de ses fonctions de président du jury. Évidemment, pour moi c'est une déception et une perte inestimable pour le concours, mais c'est aussi la preuve, un peu douloureuse, que je vous parle vrai : à mes yeux, ce qui compte au plus haut point est de protéger le concours, ses valeurs, ses règles et ses candidates. Envers et contre tout, et à n'importe quel prix.

Préjugé n° 7

Les Miss sont une grande famille

Où je vous parle des Bisounours et de Dallas,
parce qu'une famille ce sont des étreintes,
des déchirements, des retrouvailles.
Une famille, parfois, c'est aussi un bonheur
qui se travaille, qui se cultive : chez Miss France,
la famille, c'est comme la couronne,
elle se mérite davantage qu'elle ne s'hérite.
Et ma véritable famille dans tout cela,
celle du sang ? Elle répond présente, toujours,
même si c'est parfois pour me jouer des tours.

Je vous ai confié sans filtre, à livre ouvert, mon histoire personnelle. Il est temps, je crois, de vous parler de mon autre famille, celle de Miss France. Pour le coup, ce n'est pas un préjugé : oui, les Miss forment une famille. Mais au sens le plus authentique : une famille qui s'aime souvent, se déchire parfois, traversée de sororité mais aussi de jalousies, de brouilles comme de liens indestructibles.

Miss France est une grande famille au sens propre. Il y a les belles aventures, comme celle des éblouissantes sœurs Lorphelin : Marine la médecin, Miss France 2013, suivie par sa sœur Lou-Anne, brillante diplômée d'école de commerce, qui se hissera parmi les dauphines de Miss France 2021. Au-delà des liens du sang, certaines Miss jouent le rôle de demoiselles d'honneur, comme Malika Ménard au mariage de Rachel Legrain-Trapani. D'autres acceptent le statut également important de marraines.

C'est ainsi que Geneviève a failli devenir la marraine de Tom, le fils de Nathalie Marquay, et que Valérie Bègue est la marraine de la fille aînée d'Alexandra Rosenfeld et de l'international de rugby Sergio Parisse. Parfois cela cause du rififi chez les Miss : Bègue et Rosenfeld étaient restées plusieurs mois sans s'adresser la parole, avant de se rabibocher. Quant à Geneviève, on se souvient de ses dérapages odieux sur la famille Pernaut-Marquay.

C'est vrai, l'idée que les relations entre anciennes Miss France pourraient ressembler à un tableau idyllique, avec une complicité constante, se fracasse souvent sur une réalité très différente. La famille des anciennes Miss, loin des paillettes et des sourires étincelants, peut parfois ressembler davantage à un *soap opera* où les intrigues et les tensions se mêlent. Ce n'est un secret pour personne que les relations entre femmes ne sont pas toujours faites d'entraide. Les relations entre anciennes Miss France, elles, ne dérogent pas à cette règle.

Cour de récréation

Le tout petit microcosme des anciennes Miss n'est pas fait uniquement de cupcakes en forme de cœurs et de jolies licornes. En bref, on est parfois plus proche de *Dallas*, son univers impitoyable, que du monde des Bisounours. Pourquoi ? C'est en effet étrange, pour des femmes qui ont toutes fait le même parcours du combattant, qui pourraient donc s'identifier les unes aux autres, sentir un lien unique, c'est étrange, donc, de parfois nourrir des relations absolument électriques. Rien ne justifie vraiment les clivages très raides qui ont pu diviser, et fracturer encore, la toute petite communauté des anciennes Miss. Il y a certes des inimitiés, comme dans tout milieu, par exemple lorsque les Miss comparent leur nombre de followers sur les réseaux sociaux. Dans une famille, on dit souvent que les problèmes commencent lorsque l'argent s'en mêle. Chez les Miss, on pourrait dire que c'est l'enjeu de la notoriété qui est la source des plus grandes discordes. Les clivages, parfois absurdes, se creusent sans réelle justification.

Parfois, cela nuit au collectif. En 2007, j'ai voulu rassembler une douzaine de Miss France autour d'un projet de calendrier au profit de la lutte contre les leucodystrophies pour l'association Ela. Comme à mon habitude, je me suis investie à fond dans ce projet. Il devait être chic, moderne et événementiel. Et le défi a été relevé avec brio : le célèbre photographe Peter Lindbergh, connu pour ses clichés des plus grands top models, a été choisi pour réaliser les images sur la plage de Deauville. Les Miss sont habillées par Yves Saint Laurent, et *Vogue* a été notre partenaire presse pour le calendrier, organisant même une exposition événement des photos réalisées. Sur le papier, tout est parfait. Cependant, une querelle de Miss vient entacher ce beau projet : Élodie Gossuin et Sonia Rolland refusent tout simplement de se croiser lors du shooting. Comme ces réunions de famille qui dégénèrent ou ces plans de table à s'arracher les cheveux. La querelle, risible, est née de déclarations sur le plateau de « La Méthode Cauet » sur TF1. Cette dispute entre Miss a pourtant nécessité… de diviser le shooting en deux journées afin d'éviter tout contact entre elles ! Heureusement depuis le malentendu a été dissipé et les miss rabibochées.

Le crêpage de chignons le plus mémorable, à mon sens, trouve ses racines dans la sortie du livre du centenaire de Miss France, en 2020. Pour l'occasion, je souhaite proposer un superbe ouvrage retraçant l'histoire du concours depuis 1920. Au-delà du tollé que ce projet déclenche chez Geneviève de Fontenay, qui conteste la date de création du concours (passons cette controverse, une de plus…), ce qui me surprend véritablement, c'est à quel point ce projet déclenche une guerre interne au sein des Miss elles-mêmes. Elles commencent à compter le nombre de signes et de photos qui leur sont réservés dans le livre, provoquant ainsi un débat houleux. Cette guerre ouverte se poursuit au sein même de notre groupe WhatsApp Miss France, où chacune exprime ses arguments de défense ou de critique à mon égard. Étant à l'origine du projet, je me retrouve seule responsable, tandis que l'éditeur, pourtant décideur en matière de contenu, reste à l'abri des critiques. Profondément irritée par cette situation, je réponds aux filles qu'elles me démotivent complètement pour organiser des projets de rassemblement, que ce soit autour d'un événement ou dans un livre. Pour le prochain anniversaire, je leur ai dit que j'envisageais, sarcastique, la création d'un album Panini à la gloire de chacune, plus simple à réaliser.

Quand j'avais 20 ans, les querelles entre Miss se réglaient avec un appel téléphonique, une engueulade, pour ensuite s'apaiser autour d'un apéro. Aujourd'hui, les choses ont bien changé. Les différends, qu'ils soient liés à des conflits amoureux ou à des rivalités en tous genres, ne se règlent plus par des discussions directes, mais par des actions sur les réseaux sociaux. C'est Maëva Coucke qui m'a expliqué cette nouvelle tendance, étant elle-même victime d'un « unfollow » de la part d'une autre

Miss. Elles se désabonnent mutuellement de leurs comptes Instagram pour exprimer leur inimitié. Par souci de ne pas paraître dépassée, j'ai vérifié si toutes les Miss me suivaient, et j'ai découvert que ni Valérie Bègue ni Cindy Fabre ne le faisaient. J'ai donc fait de même pour ne pas passer pour une *has been*… Bienvenue dans la cour de récréation des Miss !

Les rebelles et les Suisses

J'ai mon idée personnelle sur ce qui nous distingue réellement les unes des autres : le caractère. Après de nombreuses années à les fréquenter, les observer, à découvrir le meilleur comme le pire chez les unes et les autres, je crois en effet que tout est affaire de caractère. J'irais même jusqu'à classer les Miss en deux catégories : les rebelles et les lisses. Ou plutôt, pour que ce mot de « lisses » ne me soit pas trop reproché, je dirais les « Suisses », c'est-à-dire celles qui affichent une neutralité presque trop parfaite, évitant les prises de position franches, préférant la sécurité du consensus – elles ne tenaient bien sûr jamais tête à Geneviève, même quand cette dernière avait tort… Avec ma personnalité plutôt entière, vous imaginez combien j'apprécie cette façon de se « planquer » à la moindre occasion.

L'ironie est sans doute que ces « Suisses » nourrissent la plupart du temps une certaine jalousie à l'égard de la liberté, du franc-parler, et pour tout dire de la notoriété des « rebelles ». Et pour cause, on attire davantage la lumière et l'intérêt du public lorsqu'on s'exprime avec le talent et l'intensité de femmes comme Sophie Thalmann, Mareva Galanter, Maëva Coucke, Sonia Rolland, Camille Cerf, Diane Leyre et tant d'autres qui ont marqué leur époque, que lorsqu'on est fade et sans saveur. C'est comme si l'authenticité des « rebelles » suscitait à la fois l'admiration et l'envie des « Suisses », tandis que ces dernières, bien que plus neutres, se retrouvent dans l'ombre des premières, reléguées au second plan.

Il y a quelque chose de magique dans le lien que je tisse avec certaines Miss. C'est un mélange d'expériences intenses vécues ensemble, d'épreuves, de moments où l'on se découvre mutuellement. Parfois, c'est cette proximité sans filtre qui nous relie, parfois, c'est un écho de nos personnalités ou de nos parcours. Ces liens deviennent presque familiaux, empreints d'une affection qui va au-delà du concours et qui s'enracine dans le temps. Ce sont des connexions humaines profondes qui laissent des empreintes durables dans nos vies. C'est aussi pour cela que ceux qui ne voient en Miss France qu'un concours superficiel n'ont rien compris.

C'est fascinant de constater comment des liens inattendus peuvent se tisser dans des moments délicats. Lorsque j'ai été élue Miss France, l'année qui a suivi n'a pas été sans ses défis. Cependant, au milieu de ce tourbillon, Sonia Rolland s'est avérée être une véritable bouée de sauvetage. Dans un contexte où Geneviève de Fontenay était très proche d'Élodie Gossuin, je me suis retrouvée avec Sonia, qui habitait dans la même résidence, juste au-dessus de chez moi.

Sonia a été une figure bienveillante qui m'a prise sous son aile. Elle m'a invitée, m'a emmenée découvrir Paris. Elle me sortait comme l'espèce de petite sœur provinciale que j'étais. Elle était cool, absolument cool. Son amitié et sa générosité ont fait toute la différence pour moi durant cette année riche en événements, mais parfois semée d'embûches. Elle m'a offert un souffle d'air frais, une échappatoire.

Sa proximité et son soutien m'ont permis de survivre à cette année de Miss France. C'était comme si, à travers son amitié, elle m'offrait un refuge, une pause bienvenue dans ce tourbillon médiatique. Cette expérience, cette relation avec Sonia Rolland, a été l'une des choses les plus précieuses de cette période. Elle a joué, au moment où j'en avais le plus besoin, le rôle que Geneviève aurait sans doute dû endosser.

Je vous ai promis de la sincérité, donc je ne vais pas vous dire que je n'ai pas eu des préférences chez les Miss France en dix-sept ans. Quelques-unes m'ont marquée à jamais, c'est évident. Maëva est une force de la nature. Elle ne cache rien, elle ne fait aucun compromis. Durant son année, on a parfois eu des désaccords, mais c'est ce qui rend nos échanges authentiques. Elle n'a pas peur de dire « merde » quand elle le pense, et cette sincérité m'a toujours touchée. Même quand elle exprime ses sentiments, elle reste honnête, sans artifice. Je me rappelle un moment où elle a appelé mon mari pour lui dire qu'on devait organiser une soirée pour mon départ de l'organisation Miss France. Elle est la seule à avoir eu cette initiative, à avoir montré cette générosité.

Diane, quant à elle, c'est une véritable tornade pleine de vie. Sa spontanéité et son absence de filtre la rendent unique. Elle vient d'un milieu privilégié, mais elle reste humble et vraie. J'ai un attachement particulier pour elle, peut-être parce que je me reconnais un peu en elle. Elle est comme un TGV, toujours en mouvement, et c'est ce dynamisme que j'apprécie tant.

Amandine, ma « fille » pendant son année, a créé une connexion maternelle entre nous. Nous avons partagé une année riche en émotions, avec des moments complices et des fous rires. Je ressens une affection profonde pour elle, et même si le temps et les circonstances peuvent éloigner les gens, cette relation restera gravée en moi. J'ai envie de la protéger, de veiller sur elle comme une mère le ferait pour sa fille.

Camille Cerf m'a fait découvrir une autre facette du Nord-Pas-de-Calais. Elle incarne la générosité simple, directe, de cette région. Elle a un charme authentique qui m'a fait tomber amoureuse du Nord. C'est comme retrouver une vieille amie, une personne qu'on veut garder près de soi, une partie de cette chaleur du Nord qu'on considère comme évidente. Il faut dire que le Nord-Pas-de-Calais est devenu une terre de Miss, avec quatre titres en dix ans, des harengs lancés au fameux carnaval de Dunkerque et des salles d'élections régionales aussi remplies que pour le titre national ! On a parfois dit que Camille était ma Miss préférée. J'ai simplement une immense admiration pour cette jeune femme pleine de maturité, qui a affronté le cancer emportant son papa quelques mois avant son élection. Camille, c'est l'humour sans irrespect, qui m'appelle « maman » en public, y compris dans « À prendre ou à laisser », l'émission d'Arthur. À qui je pardonne plus d'écarts qu'à d'autres, sans doute, lorsqu'elle tweete lors de son passage dans « Vendredi tout est permis » : « Plus j'y pense et plus je me dis que j'ai un beau cul. » Parce qu'avec Camille tout se fait sans mauvais esprit. Mais le fin mot de cette relation spéciale avec Camille et les gens du Nord est que j'ai toujours passé avec eux des années douces et bienveillantes. Aucun scandale, ce qui était un peu nouveau pour moi. Je pouvais travailler, profiter davantage de mes enfants. Et j'avais le Nord pour deuxième famille.

À l'inverse, il y a des relations qui portent les stigmates de moments difficiles, comme celle avec Alicia Aylies, Miss France 2017. C'est une connexion qui s'est distendue, marquée par des malentendus. Les motifs de tension semblent souvent liés à des événements précis, comme ce jour à Manille, aux Philippines, après la victoire d'Iris Mittenaere à Miss Univers. Nous sortions en triomphe de l'Arena, accueillies par une foule en liesse. Une caméra de CNN s'approche, et je suis dans l'effervescence, parlant de l'avenir avec enthousiasme. Alicia, à mes côtés, pas très à l'aise en anglais à l'époque, du haut de ses 18 ans, avait expressément demandé à ne jamais être interviewée dans cette langue. Un moment crucial se présente, mais elle refuse de répondre aux journalistes et même, s'enfuyant littéralement, crée une situation délicate pour moi. C'est un de ces moments où la communication semble avoir échoué, laissant place à des non-dits et à une incompréhension persistante. C'est aussi une différence de caractères. Lorsqu'une opportunité énorme se présente, mon penchant naturel est de me jeter à l'eau. Ce n'est pas toujours facile, on n'est pas toujours à son avantage. Mais après tout, quand on se retrouve dans des chorégraphies improbables, ce n'est pas toujours le cas non plus. On y va quand même parce qu'au bout il y a la couronne de Miss France. Ce soir-là, je pensais sincèrement offrir à Alicia une audience internationale qui lui serait très utile pour sa propre participation à Miss Univers, l'année suivante. J'en éprouve de vrais regrets et j'aimerais qu'elle m'en excuse.

Cela n'est pas sans me rappeler un autre malentendu lié à Miss Univers... mais avec Flora Coquerel, cette fois. Nous sommes en décembre 2015, soit deux ans après que cette éblouissante jeune femme issue de la région Centre a remporté l'élection de Miss France 2014. D'habitude, la nouvelle Miss France participe au concours de Miss Univers l'année de son sacre, mais l'édition 2014 est repoussée à janvier 2015. C'est donc sa successeure, Camille Cerf, qui vient d'être élue Miss France 2015 et qui se trouve dans un parfait état d'esprit pour poursuivre la compétition. En janvier 2015, elle est envoyée pour représenter la France. Outre cette édition 2014 de rattrapage, le comité Miss Univers organise la même année l'édition 2015 de son concours. Là, je commets un impair que j'ai toujours regretté : comme l'élection de Flora en tant que Miss France remonte à décembre 2013 et qu'elle a déjà transmis son titre, j'envisage alors de nous faire représenter par la première dauphine de Camille Cerf, qui est, elle, dans son année d'élection. C'est une maladresse totale et nous revenons très vite au choix logique de faire concourir Flora, injustement privée de compétition Miss Univers. La suite des événements ne va pas arranger les choses. Qui dit titre mondial dit robe d'exception. Mes équipes et moi faisons préparer une robe extraordinaire, en hommage aux victimes des attentats du Bataclan et des terrasses, qui ont ému le monde entier. Un ensemble sobre et extrêmement élégant, dont certaines pièces imposantes nécessitent un coffre sur mesure pour être expédiées aux États-Unis, où se déroule le grand show. C'est là que le bât blesse : le colis, pourtant confié à un transporteur spécialisé, n'arrivera jamais à destination. La robe est incomplète. Flora m'en tiendra longtemps rigueur et cela me désole sincèrement. Ma consolation : en se classant troisième dauphine, elle réalise une performance inédite depuis soixante-deux ans. L'année suivante, lors de Miss Univers 2016, l'heure des Françaises sonne enfin pour de bon puisque c'est Iris Mittenaere qui fait chavirer le cœur de la planète.

Une famille, ça se construit

Miss France est évidemment cette saga humaine dont une jeune femme vient reprendre le flambeau chaque année. Toutefois, c'est aussi une toile de relations personnelles tissée au fil d'une longue histoire collective. Derrière la star qui brille chaque année individuellement, il y a une multitude, une foule de personnalités, de parcours et de rapports affectueux – ou orageux. Tout ce petit monde ne tient pas ensemble par magie : c'est du travail ! Exactement comme dans une famille classique, il faut sans cesse en tenir tous les bouts. Miss, bien sûr, mais aussi équipes de production, délégués régionaux, nouvelles candidates, partenaires, etc. : ce sont des milliers d'individus qui doivent se sentir membres de la famille pour donner le meilleur d'eux-mêmes au service de la réussite du concours.

Cette cohésion passe par des rituels, des moments importants, comme le sont les anniversaires, les baptêmes, les mariages dans le cercle familial. Je dois d'ailleurs dévoiler une tradition pour le moins étonnante, initiée il y a quelques années par la facétieuse Laury Thilleman. Chaque année, la Miss sortante fait un geste de bienvenue pour la petite nouvelle. L'appartement de fonction en garde une trace précieuse… dans les toilettes ! En effet, la tradition est de laisser un graffiti sur le mur pour encourager la Miss récemment élue. Le prix de l'humour de Miss revient sans aucun doute à Camille Cerf, qui s'est amusée à écrire : « Je te laisse mon trône, mais pas ma couronne ! » Ou à cette Miss qui a laissé une dédicace signée à mon nom : « Même ici, je t'observe. » Chez les Miss, les week-ends ou les dîners d'intégration sont particulièrement cruciaux. C'est là qu'une jeune Miss comprend qu'elle peut compter sur nous. Nous n'avons pas dérogé à la règle pour Ève Gilles, intronisée lors d'un dîner où Vaimalama, Indira, Amandine, Clémence, Diane, Marine, Flora, Delphine, Laury et moi avons répondu présentes ! Plusieurs générations, soudées autour de la petite nouvelle qui fait ses premiers pas dans cet univers unique : ces moments de transmission n'ont pas de prix.

Certaines personnes jouent un rôle particulièrement important à cet égard, en raison de leur bonne volonté, de leur bienveillance, de leur naturel généreux. Par exemple, Rachel Legrain-Trapani est vraiment une personnalité à part, capable de fédérer, de créer du lien… et de mettre l'ambiance ! Toujours de bonne humeur, toujours partante pour faire la fête, la première sortie et la dernière couchée. Pas plus tard qu'il y a quelques mois, lors de la finale Miss France à Dijon, c'est Rachel qui, à 3 heures du matin, nous cherchait un endroit pour terminer la soirée. Elle a largement contribué à la réussite de la famille Miss France. La « mayonnaise » n'aurait pas pu prendre aussi bien toutes ces années sans Rachel.

Oui, pour qu'une famille fonctionne, il faut des chevilles ouvrières, des membres qui savent faire primer l'intérêt général sur leurs humeurs ou leurs besoins. Chez Miss France, les délégués régionaux se distinguent par leur dévouement. Je ne le dis pas pour le « politiquement correct », mais avec une totale sincérité : le concours que vous connaissez n'existerait tout simplement pas sans l'engagement des responsables de comités locaux dans les régions. Ils roulent des milliers de kilomètres par an, créent le lien avec les élus de leur territoire, font rayonner l'image de Miss France au plus près des spectateurs. J'ai passé auprès de ces « tontons et tatas » de l'organisation mes plus belles années de directrice. Lorsque Geneviève a décidé de partir avec fracas, de nombreux délégués régionaux l'ont suivie avec loyauté et je les comprends. J'ai dû recruter et former une nouvelle génération, que j'ai eu à cœur de mettre à l'honneur avec des blazers uniformes pour une conférence de presse au Crillon à Paris dès ce grand changement : eux qui travaillent toujours dans l'ombre des Miss, à leur service, méritent d'être mis en lumière, ils ont toute leur place sur la photo de famille. Certes, parfois, des personnages hauts en couleur réservent de drôles de surprises. Parmi mes premières rencontres, avant le départ de Geneviève donc, figure ainsi un délégué de l'est de la France qui, lors de ma visite dans son village, insista pour me montrer sa « petite collection personnelle de la Seconde Guerre mondiale ». J'entre en réalité dans sa collection d'objets nazis, entre uniformes de la Waffen-SS et souvenirs du IIIe Reich. Le cauchemar. Heureusement, cette exception était un peu l'oncle tordu d'une famille d'ordinaire moins extravagante.

Je crois profondément au proverbe : « Seul on va plus vite, ensemble on va plus loin. » Être solidaires, attentives les unes aux autres, permet ni plus ni moins aux Miss de réaliser leurs rêves les plus fous. Lorsque je demande à Chloé Mortaud quel serait son rêve, comme je le fais chaque année avec la nouvelle Miss élue, elle me confie d'ailleurs qu'elle en nourrit un… très familial ! Elle n'a pas revu sa grand-mère, installée aux États-Unis, depuis quinze ans. Nous décidons alors d'organiser cette rencontre pour le mois de juin, à l'occasion d'une séance photo mode pour un magazine français. Cependant, pour une raison incompréhensible, Geneviève de Fontenay l'attaque dès son élection sur son manque de légitimité. Il faut contrer cette mauvaise presse. C'est ainsi que je décide d'avancer le déplacement de Chloé Mortaud aux États-Unis : en route pour Washington pour l'investiture de Barack Obama, dès le 20 janvier 2009 ! Je dispose de seulement trois semaines pour tout organiser, sans aucun contact aux États-Unis ni moyens conséquents. Je me lance alors dans une organisation à la Tellier, avec un peu de culot et beaucoup de débrouillardise. Nous dormons sur le canapé d'une amie d'amie dans la banlieue de Washington DC, à Bethesda. N'ayant pas d'invitation officielle pour l'investiture, j'opte pour la solution en extérieur : nous nous rendons au Mall, la grande avenue de la ville, aux premières lueurs du jour, équipées de chaufferettes dans les chaussures et les vêtements. Après plus de quatre heures de marche, Chloé se retrouve en larmes en direct sur TF1 lors de l'édition spéciale pour l'investiture de Barack Obama. Elle vivra ensuite les retrouvailles avec sa grand-mère, héritière de l'histoire terrible de la ségrégation et de l'esclavage. Un moment fort pour sa famille et pour toute la famille Miss France.

Conflits de générations

Qu'est-ce qui secoue, voire fracture, en général, les familles ? Ce sont, le plus souvent, les conflits entre les générations. La nôtre n'échappe pas à la règle. Si je remonte à mes années Geneviève, je me rappelle qu'il était impératif d'écrire un mot manuscrit à chaque retour de déplacement ou pour chaque cadeau reçu des partenaires, afin de remercier la dame au chapeau de la chance qui nous était offerte grâce à Miss France, au risque de se prendre un « savon » en bonne et due forme. Aujourd'hui, il n'est pas rare qu'une Miss France ait une heure de retard ou ne prenne même pas la peine de prévenir de son absence à un déjeuner, qu'elle avait pourtant confirmé trois jours auparavant... De même : si j'ai passé dix-sept ans à organiser leurs anniversaires, rares sont celles qui envoient un simple SMS le jour du mien.

Si vous organisez un sondage parmi les quinze dernières Miss France, certaines vous répondront que je suis exigeante et sévère. Pourtant, je suis déjà plus souple que Geneviève, qui avait une tout autre définition de la sévérité ! Miss, je dormais la tête la première dans mon oreiller, car il fallait à l'époque être impeccablement coiffée et maquillée avec du rouge à lèvres rouge les 365 jours de son année de Miss France. Et les petites attentions de notre chère matriarche ne manquaient jamais de piquant.

Un jour, elle a offert à une Miss France en titre, lors d'un gala régional… une gaine ! Oui, une gaine amincissante, emballée dans un joli papier cadeau, en expliquant qu'elle ne voulait plus recoudre les fermetures éclair des robes de gala que la pauvre Miss cassait parfois lors de spectacles.

On mesure la différence avec certains comportements d'enfants gâtées qui ont fait leur apparition ces dernières années. Je pense en particulier à l'incroyable caprice d'une Miss Île-de-France, qui attendit d'être en voyage aux Maldives dans un cadre idyllique avec la trentaine d'autres candidates Miss France… pour décréter que le concours ne lui plaisait pas et exiger de rentrer à Paris. Lorsque j'accède, bien sûr, à sa demande et la raccompagne en avion, la jeune femme tient une véritable conférence de presse, à l'aéroport, à charge contre l'organisation et contre moi. Une certaine idée de la gratitude, sans doute. L'affaire ne s'arrête pas là puisque sa dauphine, contactée pour la remplacer, sera éliminée pour avoir participé à un défilé de lingerie. Une autre année, c'est le scandale Kelly Bochenko qui a secoué la famille, décidément durement éprouvée par cet étrange changement d'époque.

Et ma (vraie) famille dans tout ça ?

J'ai toujours considéré les Miss comme ma famille de cœur… trop souvent au détriment de ma véritable famille. C'est paradoxal, car je vous ai dit combien le clan Tellier, et le foyer que j'ai construit avec Laurent et nos enfants comptent, à mes yeux : je les aime plus que tout au monde. Pendant longtemps, j'ai cru pouvoir ne pas choisir, j'y reviendrai. Le plus important à comprendre est surtout qu'il est impossible de diriger un navire aussi imposant que Miss France sans un solide soutien émotionnel de ses proches. J'ai donc pu compter sur leur compréhension et leur patience, pendant mes absences, mes coups de stress ou de découragement. On ne peut, j'en suis certaine, rien faire de grand sans sa famille. Cela n'empêche pas quelques petites vengeances pour les sacrifices que ma carrière a exigés d'eux. La plus spectaculaire, et la plus drôle, doit être imputée à Laurent ! Laissez-moi vous raconter l'un des moments les plus gênants de ma vie.

Laurent, mon cher et tendre, sait combien j'aime tout maîtriser, que tout soit sous contrôle. Et il sait à sa façon me faire sortir de ma zone de confort en me taquinant. Le jour de mon départ pour un énième voyage de préparation Miss France, il glisse à mon insu un objet dans ma valise. Précisons que je suis myope : je porte chaque jour des verres de contact pour corriger ma vue et j'ai en poche une paire de lunettes de soleil correctrices pour espérer, à la sortie d'un vol de douze heures, y voir plus loin que le bout de mon nez. Arrivée à l'hôtel, l'équipe de TV qui nous suit me propose de faire découvrir ma chambre, j'accepte comme souvent. Par souci de coquetterie, je retire mes lunettes de soleil et c'est dans le brouillard complet que je leur ouvre les portes de ma chambre et que je déballe, devant les équipes de TV, cette même valise partie de Paris avec un souvenir plus qu'embarrassant : l'objet que Laurent a placé là est un énorme sex-toy… que je découvre avec effroi après le départ du cameraman. Noémie, la journaliste, ne manifeste aucune réaction dans les jours suivants, et je mets de mon côté plus de trois jours à aborder le sujet avec elle. Heureusement, la blague de Laurent est passée inaperçue et aujourd'hui je peux en rire.

Il y a, je l'ai dit, aussi et surtout les moments inestimables où le clan me manifeste son soutien et son amour. Depuis une dizaine d'années, nous organisons chaque année un week-end entre sœurs. Le principe est simple : chacune à tour de rôle se charge d'organiser, dans le plus grand secret, un week-end sans hommes, sans enfants, dans une capitale européenne, afin que Stef, Anne-So et moi puissions nous retrouver pour un moment qui nous est dédié.

J'ai bien sûr des amies sincères autour de moi, à commencer par la marraine de mon fils Oscar,

Sidonie, mais je dois avouer que mes deux meilleures amies, mes confidentes, restent mes sœurs. Ce sont elles à qui je peux tout dire. Notre histoire commune a forgé des liens incroyablement forts, même si Dieu sait que nous nous sommes disputées pendant notre adolescence. Je pense même que ma sœur aînée et moi avons eu une période où nous ne pouvions pas rester dans la même pièce sans nous chamailler à propos de vêtements, de corvées ou de sorties.

Depuis dix ans, nous avons visité Londres, Rome, Séville, Dublin, Bodrum, Hvar… Trois jours de déconnexion totale, de confidences, de fêtes, de balades… Cette année, c'est mon tour. Le principe est simple : nous bloquons un week-end et nous recevons une heure de rendez-vous à l'aéroport sans savoir où nous partons ni ce qu'il faut mettre dans notre valise. Celle qui organise paie les billets d'avion et l'hôtel (en fonction de ses moyens) et ensuite, sur place, nous partageons tout.

Je me souviens de la fois où ma petite sœur nous a emmenées en Croatie. Je suis arrivée à Roissy (mes deux sœurs partant de Genève) et, au dernier moment, j'ai reçu mon billet pour Francfort sur une compagnie low-cost. Puis, une fois à Francfort, j'ai eu deux heures d'attente pour Split, pour ensuite prendre un bateau pour Hvar… Au retour, j'ai réalisé qu'il y avait des vols directs pour Split sur Air France, tandis que, moi, j'avais fait le tour de l'Europe en low-cost toute une journée. Évidemment, cela m'a fait râler, mais j'ai aussi compris à quel point ma petite sœur avait fait un effort financier considérable pour nous offrir ce week-end. De toutes les destinations, celle-là restera mon meilleur souvenir.

Ma petite sœur a ce don de nous rappeler que, dans la vie, l'essentiel réside dans les moments de partage, et que tout le reste n'est que superflu. Alors oui, vivre un moment entre sœurs sur l'île de Hvar mérite bien de passer une journée en transit en Europe… Nous sommes en juin 2015, je suis mère de deux enfants et je dirige une boîte qui a envahi toute ma vie. Mon quotidien est un sprint géant et j'ai l'impression qu'optimiser chaque seconde de mon temps me permettra d'être plus efficace, plus productive… Je suis devenue cette Parisienne stressée, embarquée dans un tourbillon à 1 400 tours/minute. Et grâce à mes sœurs, le temps d'un week-end chaque année, j'arrive à lâcher prise. C'est un miracle.

Car, dans l'aventure Miss France, l'amour pour la famille se confronte parfois à la culpabilité d'avoir donné tant de soi au concours, parfois au détriment de ses proches. Dans l'engrenage étourdissant des obligations, des voyages incessants et des responsabilités, le temps pour les moments précieux en famille s'amenuise. Cette culpabilité sourde, ressentie par de nombreuses Miss, témoigne du tiraillement entre la passion pour cet univers et le besoin de préserver nos liens affectifs fondamentaux. Investies corps et âme dans la quête de perfection, les Miss doivent parfois choisir entre les exigences de la couronne et le besoin vital de rester connectées à leurs racines. C'est un défi permanent, parfois un crève-cœur. C'est, aussi, la vie que nous avons choisie.

Préjugé n° 8

Quand on est Miss, c'est pour la vie

Où vous découvrez que « Miss France »
est bien davantage qu'une simple émission,
une sévère addiction. Et où vous ferez connaissance
avec monsieur Bonnes Manières et ses leçons,
parce que Miss France est aussi une école de la vie.
Une école qu'on ne peut diriger
qu'avec un dévouement total,
mais que j'ai quittée sans regrets.
Il y a un après-Miss France,
mais cette aventure extraordinaire
reste toujours, pour celles qui l'ont traversée,
la grande chance de leur existence.

« Diriger Miss France a exigé beaucoup de sacrifices et vous m'avez toujours soutenue, vous m'avez permis d'être une fille, une femme, une mère accomplie. » Ce 17 décembre 2022, ma gorge se noue, mais je parviens à dire quelques mots devant les milliers de spectateurs réunis pour l'élection de Miss France, au MACH 35 de Châteauroux, et devant les millions de téléspectateurs de TF1. Avant ma dernière émission en tant que directrice générale, j'ai chipé la place du chauffeur de salle pour faire une annonce inhabituelle : « Je vous présente mes trois enfants, Oscar, Margaux, Roméo. » Ils sont intimidés, étonnés d'être ainsi mis en lumière par une maman si réticente d'ordinaire à les exposer, dans la presse comme sur les réseaux sociaux. Dans la salle, il y a le clan, mon mari, mes sœurs, ma mère et mon beau-papa. Je sais ce que je leur dois. Ce sont les miens, je veux qu'ils soient, pour une fois, en pleine lumière. Ils l'ont tant mérité. Alors ces quelques paroles sont pour eux.

Quelques mois plus tard, à l'été 2023, nous partons en vacances en famille. Pour moi, mais surtout pour eux, ce sont les premières vraies vacances déconnectées depuis des années. Sans scandale à gérer, sans interruption pour l'élection d'une Miss régionale, sans le stress de jouer le rôle de vigie, y compris lorsque le bureau se vide au moment des congés estivaux. Je suis là pour les miens. Je commence, aussi, à imaginer le livre que vous tenez entre vos mains. Quel regard porter sur toutes ces années, à l'heure de tourner la page ?

Je vous ai promis toute la vérité, alors il faut l'avouer : j'ai adoré être jetlaguée, débordée, fatiguée. Plongée dans l'effervescence permanente, j'ai toujours chéri cette sensation de décalage horaire, d'urgence écrasante. Il m'arrive de résumer ces années en me disant que j'étais piquée à Miss France. Je me sentais vivante, certes, mais dans cette frénésie perpétuelle, on se perd parfois un peu. On se perd dans les agendas surchargés, dans les exigences des uns et des autres, dans cette quête incessante de perfection. Malgré la débauche d'énergie, je me suis aussi heurtée à mes limites. C'est là que j'ai compris que Miss France n'était pas juste un travail, mais bien plus que cela. C'est une passion dévorante, une mission pour laquelle on se dévoue corps et âme, sans répit ni pause. Pour certains, cela peut sembler déroutant, mais dans l'organisation tourbillonnante, on est tenté d'aller toujours plus loin, comme si on cherchait à explorer ses limites.

Au service de Leurs Majestés

Que diriez-vous de plonger dans le quotidien d'une directrice générale de Miss France ? Car, ce rôle, ce sont avant tout de folles tournées et de longues journées. Dans mes premières années de Miss, Geneviève part encore souvent au volant de sa Peugeot 807, accompagnée de Miss France et de ses dauphines, pour présenter un spectacle appelé « Le Grand Gala Miss France » ou « Les Féeries de Paris ». Une heure de show où nous défilons en robes, chapeaux, maillots, le tout sur des airs de Frank Michael, Dalida, ou parfois

Patrick Bruel, quand elle accepte de moderniser sa playlist. Geneviève est exigeante mais attachante, et surtout très drôle. Dans les situations délicates ou quand elle a tort, sa meilleure défense était toujours l'attaque, ce qui déstabilisait souvent ses interlocuteurs. Un soir, en Loire-Atlantique, dans la région de Nantes, nous sommes logées dans un gîte magnifique, un ancien château rénové par ses propriétaires. En rentrant du gala Miss Pays de la Loire, le propriétaire a indiqué à Geneviève où se garer. À l'époque, elle appréciait encore un verre de cidre ou une bière avec un bout de brioche après ses galas. Inutile de lui proposer de conduire sur les petites routes de campagne à 2 heures du matin ; elle n'a confiance qu'en elle et « connaît la place des arbres par cœur ». De retour au gîte, au lieu de suivre l'allée de graviers pour rejoindre le château, Geneviève prend tout droit à travers le jardin, brisant au passage la dalle de protection de la fosse septique, sous les fous rires de toutes les passagères. Au petit matin, devant les traces de roues de la 807 et les parterres de fleurs ravagés, Geneviève, toujours imperturbable, réprimande le châtelain pour le manque d'éclairage de son allée et les risques pour ses visiteurs. Une carte de dédicace en guise d'excuse, et nous sommes déjà en route vers une nouvelle destination.

Il faut imaginer des centaines, des milliers, d'anecdotes comme celle-ci, dans un calendrier annuel bien rythmé :

« Féérie de Paris »
sur la scène de Soulac.

2005,
duo chic et choc.

Décembre 2008, en compagnie des « grandes dames »
Line renaud, Chloé Mortaud et Geneviève De Fontenay.

Mai 2013 à Cannes, une montée des marches mémorable aux bras du « Félin ».

Sacré
Jean-Pierre
toujours
un sourire pour
les Miss.

2015, création
des Bonnes Fées,
ma plus grande
fierté.

Décembre 2011, avec Jamel avant de remonter sur la scène des Miss France.

Décembre 2015, Mister Jean-Paul Gaultier, président des Miss France.

30 janvier 2017, Miss Univers Iris, de retour à Lille dans un bus impérial.

Où est Charlie ? Grande place de Lille.

Préparation du gala des Miss France dans les coulisses de Miss Haute-Saône.

J'en ai rêvé, Christophe l'a fait !

Porquerolles, 14 juillet 2017. Famille unie par l'amour.

Maman on t'aime.

Vive le sport,
vive l'engagement !
Marathon de Paris
en relais
avec Laury.

Avec mon « Lili » sur
les routes du tour de Franc
pour Mécénat Chirurgie
Cardiaque.

- **Janvier à juin** : formation et tournée de la Miss élue en décembre précédent pour la faire connaître du public, participation à des événements nationaux comme la Fashion Week, avant-premières de films, Festival de Cannes, et à des événements régionaux comme les foires et salons. Recherche de sponsors, *lobbying* auprès des institutions de Miss Monde et de Miss Univers.

- **Juillet-août** : élections Outre-mer – Martinique, Guadeloupe, Guyane, Réunion, Tahiti, Mayotte, Saint-Pierre et Miquelon. Les allers-retours s'enchaînent, les heures de vol s'accumulent, mais chaque déplacement est une aventure en soi, entre les selfies avec les passagers, les accueils grandioses sur les tarmacs et les séances de retouche express dans les toilettes de l'avion ! J'ai toujours aimé voyager, mais lorsque les collègues de bureau vous souhaitent de bonnes vacances, cela vous rend un peu furieuse ! Miss France, ce sont des voyages toute l'année, des rencontres, des découvertes, mais aussi et surtout de la représentation, de la rigueur, de l'implication.

- **Septembre-octobre** : les élections métropolitaines suivent. De 2005 à 2010, je suivais le van de Geneviève de Fontenay. Puis, après son départ, ma collègue et moi avons pris le relais… Départ le vendredi midi de Paris, retour le lundi midi. Trois élections régionales, près de 2 000 kilomètres au volant du van Miss France et ses neuf places chaque week-end, devant trois à cinq mille spectateurs à chaque fois.

- **Novembre-décembre** : vient la préparation de l'émission, un énorme show regardé par des millions de Françaises et de Français, qui doit à la fois réunir des stars et laisser la lumière sur les Miss elles-mêmes. Des semaines et des semaines à chorégraphier un ballet professionnel avec des candidates forcément amatrices et débutantes.

- **Fin décembre** : c'est le moment médiatique de Miss France, mais c'est aussi… une petite mort, vous êtes pris d'une sorte de spleen, de mélancolie, de manque ! À moins que… vous ne repartiez en déplacement en Outre-mer pour une Miss issue de ces régions. Addictif et épuisant, non ?

Miss France est un engagement total où le temps libre est un luxe dont on ne peut jouir. C'est un téléphone que vous ne pouvez pas décider de couper pendant les vacances. C'est un bébé qu'on est déchiré de laisser pleurer parce qu'on ne peut pas quitter une visioconférence. C'est une immersion sans retour, une vie qu'on ne peut compartimenter.

Mes patrons successifs (j'en ai connu cinq en dix-sept ans) et même ma famille n'ont jamais vraiment saisi cela. Personnellement, j'ai trouvé mon point de rupture lorsque j'ai divorcé, mais aussi plus tard, quand mon corps m'a envoyé des messages clairs. J'ai alors réalisé que je mettais en péril ma vie, mon équilibre, en essayant de jongler avec les plannings et d'apprivoiser la frénésie, en vain. Miss France ne se négocie pas, cela se vit pleinement. Soit on s'y plonge corps et âme, soit on quitte la scène. Lorsqu'on choisit d'avoir un conjoint, des enfants, des amis, une famille, tôt ou tard, on doit savoir la quitter.

Je comprends mieux maintenant pourquoi Geneviève de Fontenay a si peu vu ses enfants, pourquoi elle n'a jamais refait sa vie après la mort de Louis de Fontenay. Sa vie, c'était Miss France, et seules les rencontres lors des élections régionales, sur les plateaux télévisés ou lors des salons et foires régionales en faisaient partie. Il n'y avait pas de place pour le reste. J'aurais pu suivre le même chemin, je le sais… Les Miss France que j'ai côtoyées, avec leurs rêves, leurs espoirs, leurs craintes, étaient bien plus qu'un simple numéro à gérer dans un concours de beauté. Chacune a énormément compté pour moi. Avec Geneviève, la plus grande différence, peut-être, est que Miss France n'était pas ma propriété, je ne pouvais pas la gérer à ma guise. Je ne voulais pas non plus que les Miss France deviennent mes enfants. Je voulais élever, aimer mes propres enfants, leur transmettre des valeurs, faire partie de leur vie en étant présente, avoir du temps pour eux… Quitter Miss France n'a pas été facile – c'est un euphémisme –, mais, au moins, j'aurai été fidèle à mes envies. J'ai fait partie de cette machine bien huilée, prête à tout pour maintenir la flamme de l'excellence. J'ai navigué entre les élections régionales, les séances photo interminables, les négociations avec les sponsors, les voyages à l'autre bout du monde. Au milieu de ce tumulte, j'ai parfois perdu de vue l'essentiel. Et pourtant, malgré les difficultés, malgré les sacrifices, je ne regrette rien.

L'après se prépare avant

Dans cette valse incessante de responsabilités, j'ai souvent endossé des rôles bien au-delà de ceux inscrits dans ma fiche de poste : j'ai été témoin de mariages, conseillère en allaitement pour celles qui ont franchi le seuil de la maternité, conseillère en orientation professionnelle pour guider celles qui cherchaient leur voie après l'éclat des projecteurs. J'ai été la confidente, la conseillère en divorce parfois, ou encore en placements et en créations de société. Très tôt, j'ai compris la nécessité de créer une structure solide pour accompagner les Miss après leur année sous les feux des projecteurs. En 2005, j'ai pris l'initiative de solliciter le groupe Endemol pour donner naissance à la société Talent Lab. Mon objectif était clair : offrir aux Miss une plateforme d'accompagnement, leur permettre de monétiser leur image tout en poursuivant leurs études. Une idée que j'ai façonnée de A à Z, mais sans jamais posséder de parts dans Miss France ou dans Talent Lab… Une position délicate où la réalité quotidienne se mêlait aux rêves de jeunes femmes qui, une fois la couronne éloignée, avaient encore tout un univers à conquérir. L'après-Miss est un combat pour toutes. Certaines relèvent le défi. Mais toutes ne rencontrent pas le succès de Laury Thilleman, d'Iris Mittenaere, de Marine Lorphelin ou encore d'Élodie Gossuin.

Certaines Miss sont, aussi, de véritables *business-women* en herbe. Si Laury Thilleman hérite du surnom de « Barbie Taquet » pendant son règne de Miss France, ce n'est pas un hasard. Laury n'est pas simplement à l'heure, elle est en avance. Elle ne se contente pas d'être présente lors des rendez-vous avec les clients et les partenaires ; elle laisse sa carte de visite avant le dessert. Son énergie débordante et son caractère casse-cou font d'elle une Miss France et une femme hors du commun. Laury n'est pas seulement joviale, elle est convaincante, charismatique et déterminée. Je prends l'habitude de faire un point avec les Miss chaque année, en juin, pour préparer leur reconversion. Laury souhaite terminer son école de commerce tout en restant dans le milieu des médias et du sport. Après un rendez-vous organisé avec le directeur d'Eurosport, elle fait ses premiers pas au micro pour les championnats de France de natation. Sa carrière de présentatrice est lancée.

Pour préparer l'*après-Miss*, il faut agir très en amont. Dès les élections de Miss régionales, il y a une étape cruciale que je ne manque jamais : rencontrer autant que possible les parents des candidates. Pour moi, c'est plus qu'un simple protocole ; c'est une marque de respect envers ces familles qui confient leurs filles à notre organisation, à nos soins. Chaque rencontre avec les parents est unique, chargée d'émotions et de préoccupations. Ce sont des instants où l'on prend le temps d'échanger avec eux, de leur offrir une oreille attentive et un soutien face à l'aventure dans laquelle ils se retrouvent plongés, parfois un peu malgré eux. Ils sont souvent partagés entre l'excitation et l'appréhension, espérant que leur fille brillera lors de cette compétition tout en craignant les défis et les sacrifices que cela pourrait impliquer. Pour beaucoup de parents, c'est la première fois qu'ils voient leur fille s'engager dans un tel concours. Ils expriment leurs inquiétudes concernant son équilibre émotionnel, sa santé mentale et surtout ses études, bien sûr. « Elle ne lâchera pas ses études », je les rassure avec conviction, sachant combien il est crucial pour eux que leur enfant poursuive son éducation malgré les défis de Miss France. C'est très intime, d'entrer dans la vie d'une famille, de partager leurs histoires, leurs aspirations pour leur fille, leurs craintes aussi. Ils veulent qu'elle réussisse, qu'elle se distingue, et ils veulent la plupart du temps qu'elle reste fidèle à elle-même, qu'elle conserve ses valeurs et son intégrité tout au long de cette aventure. Dans ces relations, je ressens le poids de leur confiance, de leur espoir, mais aussi de leurs attentes. Ils voient en nous, en notre organisation, les gardiens du bien-être et du développement de leur fille. C'est une responsabilité que je prends très au sérieux. Mais j'essaie, aussi, de leur parler vrai. Ces échanges ne se limitent pas à des promesses.

Je souhaite ardemment que leur fille remporte la compétition. Peut-être que je ne la leur rendrai pas, qu'elle sera happée par la célébrité, mais il faut garder en tête que, parmi une trentaine de candidates, une seule sera couronnée. C'est ainsi. Son retour chez elle sera peut-être difficile si elle n'est pas élue, ou même si elle termine dauphine, après un mois d'une intensité inouïe. Les examens de janvier, les partiels, seront peut-être un peu compliqués pour elle. Mais elle reprendra ses études, elle ne les abandonnera pas, et nous serons là pour la soutenir. Ce que je disais toujours aux filles, c'est de considérer cette expérience comme une année de césure. Soit elles deviennent Miss France, et c'est une année de transition, soit c'est une école de vie intense pendant un mois.

Dans cette vaste aventure qu'est la préparation à la finale de Miss France, chaque détail compte. C'est ainsi qu'une idée m'est venue : offrir aux candidates des cours d'art de la table et de bienséance, une sorte de raffinement indispensable pour briller lors des moments clefs de la compétition, mais aussi, et surtout, au-delà. Monsieur « Bonnes Manières », ce personnage haut en couleur que j'affectionne particulièrement, gentilhomme des temps modernes, a le talent unique de démystifier les usages avec une touche d'humour. Notre rencontre remonte à 2003, alors que nous étions tous deux chroniqueurs dans l'émission de Frédéric Lopez sur Match TV. Depuis, notre complicité est restée intacte. Lorsque je lui ai proposé d'intervenir auprès des candidates, sa réponse ne s'est pas fait attendre. Il a accepté avec enthousiasme, conscient que son expertise pouvait leur être d'une grande utilité. Les cours se sont avérés bien plus que des leçons de savoir-vivre : ils étaient une initiation aux subtilités d'un monde où chaque geste, chaque parole revêt une importance particulière.

Les anecdotes croustillantes sur les Miss ne manquent pas. Dès les premiers jours de leur règne, elles sont plongées dans un bain de mondanités, de rencontres, une découverte du show-business en ultra-accéléré. Parfois, c'est juste déroutant ou amusant. Juste après son élection, Camille Cerf a ainsi participé aux NRJ Music Awards. Elle rayonne, essaie de trouver ses marques. On la place dans un véhicule avec une personne qui lui fait très normalement la conversation. Il s'agit de Kendji Girac, pour lequel Camille a voté devant sa télévision quelque temps auparavant en regardant « The Voice » ! Parfois, les situations sont plus embarrassantes. Qui n'a pas souri devant la maladresse d'une Miss grignotant le pain de son voisin, ou s'emparant de son assiette avant même que les autres convives ne soient servis ? Lors de sa première soirée parisienne chez Castel, pour le dîner de Noël, Alexandra Rosenfeld (qui était très fine, mais avait un réel appétit de sportive qu'elle était), jette son dévolu sur un macaron au moment de l'apéritif. Sauf que celui-ci est au foie gras et qu'elle déteste ça… Elle veut le cracher dans son assiette. Je l'ai plutôt invitée à discrètement le cracher dans sa serviette, que j'ai ensuite fait disparaître !

Ces péripéties, si amusantes soient-elles, soulignent l'importance de maîtriser les codes de la société. Qui a oublié la célèbre scène de la pince à escargot dans le film *Pretty Woman* ? J'ai moi-même acquis une partie de mon savoir en observant les autres, parfois même en déclinant certains plats par crainte de ne pas savoir les déguster correctement. Chez mes grands-parents, nous retournions l'assiette pour le dessert. En tant que directrice, mon rôle était de permettre à ces jeunes femmes de gagner en expérience et en assurance, de leur offrir les outils nécessaires pour évoluer avec aisance dans tous les contextes. Les cours dispensés par Jérémy se sont révélés être d'une valeur inestimable dans cette optique. Après mon départ, les nouveaux responsables ont choisi de ne pas maintenir cette tradition. S'il est vrai que les codes changent, et qu'on peut souhaiter les « casser », encore faut-il les connaître ! Et aucune Miss France n'est à l'abri de se retrouver invitée à la table d'un chef d'État... Je reste convaincue que la connaissance des usages, loin d'être désuète, demeure un atout indéniable, surtout dans un monde en constante évolution. Qui sait, peut-être verrons-nous les cours de monsieur « Bonnes Manières » réapparaître un jour, pour le plus grand bénéfice des Miss France à venir...

Partir un jour

Les récents changements, les nouvelles orientations qui se dessinent, me laissent un sentiment d'inconfort, une sensation de déphasage qui a fini par peser lourd dans la balance et m'a conduite à prendre la décision de quitter mes fonctions à la tête de la Société Miss France. Je ne me sentais plus en phase. C'est moins une critique pour la nouvelle direction qu'une philosophie personnelle : je crois fermement qu'il vaut mieux partir lorsque l'entreprise est au sommet, après des années de travail acharné.

Dans un poste aussi exposé, j'ai fini par endosser toutes les responsabilités sans avoir le pouvoir de décision qui va de pair. J'avais l'impression de passer pour une directrice d'école stricte, un fouet toujours prêt à être brandi. Cette situation peut devenir profondément épuisante, au point de se demander si l'on reste dix-sept ans à organiser Miss France simplement parce que personne d'autre ne veut prendre ce job ! J'exagère à peine : Camille Cerf, Miss France 2015, a eu la gentillesse de me remplacer pendant un congé maternité… avant de m'adresser un « plus jamais ! » catégorique. C'est dommage, lorsque la question de la suite s'est posée et que le groupe Banijay m'a demandé mon avis, j'avoue que Camille faisait partie de mes recommandations. Je trouvais qu'à son tour elle serait en mesure d'apporter sa vision, sa modernité au concours tout en préservant les valeurs Miss France puisque nous les partageons. De plus, sa popularité sur les réseaux sociaux et dans les médias, sa bonne humeur, son goût pour les bonnes choses de la vie en font une personnalité solaire qui aurait pu apporter beaucoup au concours Miss France sans pour autant faire concurrence à la nouvelle élue.

On a raconté tout et n'importe quoi sur ma démission. À commencer que ce n'en était pas une ! Et pourtant, c'est bien moi qui ai appuyé sur le bouton, sollicité un entretien avec le PDG du groupe, déjeuné avec Alexia Laroche-Joubert pour lui faire part de mon souhait de partir. Je vais vous confier les véritables raisons de mon départ, décidé depuis Noël 2021.

Comme beaucoup de femmes, j'ai passé le cap des 40 ans en entendant une petite voix murmurer dans ma tête : « À 40 ans, soit on change de job, soit on change d'amoureux. » Une façon de se dire que la vie passe trop vite. Je ne voyais plus mes prochains challenges au sein de Miss France (… et je n'avais pas l'intention de perdre Laurent évidemment !). J'avais coché de nombreuses cases et rempli les objectifs que je m'étais fixés en arrivant au sein de l'organisation Miss France : gagner un concours international (Iris Mittenaere à Miss Univers), réinventer une émission plus moderne, attirer de nouveaux partenaires, faire du populaire chic, rendre aux Miss France le premier rôle d'incarnantes de ce titre prestigieux… Cela m'a pris du temps et une énergie incommensurable. J'y suis parvenue grâce à des équipes en or. D'ailleurs, autre *fake news* qui a fait pschitt au moment de mon départ : un journaliste a essayé de faire un papier à charge sur mes méthodes managériales. Pas de chance : en dix-sept ans, nous avons eu un seul conflit aux prud'hommes et, à l'inverse, d'innombrables collaborateurs et prestataires m'ont accompagnée sur une longévité tout à fait extraordinaire dans ce milieu. Écoutons mon cher Philippe, « Fifi Berger », longtemps régisseur général sur les événements Miss France : « J'ai un petit pincement au cœur en repensant à toutes ces années. Gérer des dizaines de personnes, plus les Miss, vivre vingt-quatre heures sur vingt-quatre ensemble, dans les hôtels, à Mulhouse comme au bout du monde, cela crée des liens familiaux. Il y a aussi les moments étonnants, comme lorsque Alain Delon m'a demandé en plaisantant un panneau *Président à vie* sur la porte de sa loge. Avec Sylvie, nous avons la même sensibilité, la passion Miss France chevillée au corps. C'est cela qui nous lie encore aujourd'hui, elle est dans mon cœur, et je suis heureux d'être dans le sien. »

Pour être tout à fait sincère, j'avais d'autres raisons, personnelles, de quitter la direction de Miss France. La disparition imminente de Geneviève est l'une d'elles. J'ai toujours dit que je voulais quitter l'organisation de Miss France avant qu'elle ne s'en aille. Je redoutais ce moment, cette transition délicate. Imaginez : organiser son hommage après avoir, dans l'esprit de certains, pris sa place. J'ai été perçue comme celle qui l'a poussée vers la sortie. À tort, mais c'est ainsi. Cela aurait été trop pesant, trop douloureux pour moi de devoir orchestrer un hommage funèbre. J'ai toujours eu cette petite rengaine dans ma tête, celle des gens pas très bienveillants, et cela m'angoissait profondément d'être confrontée à sa disparition. L'autre raison était aussi que je voulais partir avant que Jean-Pierre Foucault n'envisage d'arrêter la présentation de l'élection. Jean-Pierre et moi, c'est une histoire dans l'histoire, une relation totalement à part. Je lui ai demandé quelques mots pour décrire ce lien, alors écoutons-le : « Avec Sylvie, j'ai tout de suite eu des relations franches et cordiales… cela me changeait des relations avec Geneviève de Fontenay. Je me souviens aussi de son élection, et de la mine catastrophée de Geneviève, comme si c'était hier. Sylvie m'a toujours dit qu'elle devait sa victoire à mes questions, à notre complicité, moi je crois que c'était déjà une jeune femme différente des autres. D'ailleurs, un an plus tard, lorsqu'elle a rendu son titre, elle avait déjà changé, on voyait une assurance et une volonté, nouvelles et très fortes. Nous sommes devenus de vrais amis, on se visitait et dînait les uns chez les autres à Marseille, par exemple. Elle est honnête, droite dans ses bottes, irréprochable sur le plan professionnel, je comprends que cela dérange dans un monde du divertissement où l'on est parfois plus approximatif. Moi, je l'ai vue gérer des choses difficiles avec la rigueur d'une femme d'affaires. »

Se réinventer

Je prends donc la décision de quitter mon emploi après l'élection 2021, une décision qui reflète véritablement ma personnalité. Je pars sans avoir rien prévu pour l'après. J'ai toujours refusé de penser au futur, travaillant à plein régime jusqu'au dernier jour, investie à 2 000 % dans Miss France. Pour moi, penser « en réalité, je suis là, à 15 %, le reste du temps, je cherche à rebondir » aurait été une trahison envers ceux qui m'ont embauchée. C'est un acte un peu fou, je le reconnais. Mais je resterai présidente d'honneur de Miss France à vie, titre honorifique qui me rappelle ce que Geneviève disait : « Miss France un jour, Miss France toujours. »

La seule initiative que j'ai voulu lancer, y compris pour l'« après », pendant que j'étais directrice générale, ce sont les Bonnes Fées. Dix-sept Miss France emblématiques des deux dernières décennies s'unissent pour former un groupe extraordinaire, portant un projet aussi noble que magique. L'histoire débute en 2015 avec la création de cette association d'intérêt général à but non lucratif, animée par une mission particulière : agir en faveur des femmes et améliorer leurs conditions de vie grâce à des actions de sensibilisation. Les Bonnes Fées déploient leurs ailes pour apporter du réconfort là où il est nécessaire. Au cœur des actions, il y a l'aide aux mamans en difficulté, ce n'est pas un hasard ! Cela passe par la collecte de fonds et leur redistribution ou l'intervention financière sur des programmes spécifiques auprès d'établissements de soins. Mais aussi par des gestes comme les Écrins des Fées, qui ont été distribués dans les maternités, composés de produits essentiels pour les tout-petits, créant aussi un lien magique entre toutes ces femmes exceptionnelles, les Miss et les mamans. Les Bonnes Fées ne sont pas qu'une histoire de collecte de fonds. C'est une histoire d'entraide, une histoire qui vise à inviter le grand public à adopter un mode de vie généreux, respectueux et attentif aux autres. Il y a eu les week-ends de détente à Disneyland pour des enfants malades, des journées d'initiation équestre et des journées « princesse » pour des enfants en difficulté. Les ailes protectrices se sont aussi étendues aux femmes luttant contre le cancer. J'ai ressenti l'irrépressible besoin d'agir après avoir accompagné la maman de Laurent dans son dernier combat contre le cancer. Les Bonnes Fées, c'est un conte moderne où la générosité, l'empathie et la solidarité sont les héroïnes. Une histoire inspirante qui rappelle que chacun peut apporter sa pierre à l'édifice du bien-être collectif. C'est aussi un combat constant et difficile contre nos agendas respectifs, pour trouver le temps de faire vivre l'association et d'aller lever les fonds.

Côté professionnel, en revanche, je ne planifie rien, j'écoute mon instinct. Quand je dis à Laurent, qui a lui-même un nouveau projet d'entreprise, que je veux changer d'activité, nous nous promettons de ne pas le faire en même temps… Évidemment, avec deux tempéraments comme les nôtres, cette promesse a vite été oubliée et nous avons lancé ensemble nos projets d'entreprise !

Aujourd'hui je me définis comme *businesswoman*, animatrice, autrice, productrice. Depuis mon départ, je réalise que je ne rentre dans aucune catégorie : trop femme d'affaires pour être considérée comme une animatrice télé, pas assez conforme pour le divertissement ou pas assez comique/stand-up dans cette ère où les humoristes règnent en maîtres. Si je choisis de m'orienter vers le sérieux journalistique, je serai toujours observée au prisme de mon passé de Miss. Ce n'est pas grave, inutile de geindre ou de se lamenter, je préfère regarder les défis comme autant de nouvelles aventures stimulantes et exaltantes !

Si je souhaite continuer à animer des émissions c'est que j'ai le sentiment que je parle vrai aux Français et que j'ai des choses à leur faire partager, mon amour de la France et de ses richesses, son patrimoine, ses valeurs… Aujourd'hui, la force des réseaux sociaux et leur économie permettent aux Miss qui le souhaitent de devenir créatrices de contenus. Après une année, non pas avec un gros chèque, mais avec un salaire de cadre, elles peuvent ainsi gagner leur vie de cette façon pendant quelques années. En ce qui me concerne, je souhaite construire une aventure entrepreneuriale dans la durée. D'autant que, comme le disait mon ami Jean-Pierre Pernaut, nous sommes de ceux qui sont entrés dans le salon des Français année après année – sa métaphore évoque notre notoriété de proximité, loin de celle des acteurs ou des politiques par exemple. Cette notoriété de proximité me vaut parfois d'être prise en photo à l'improviste, les deux mains dans mon assiette de moules à la crème au restaurant en famille, en Vendée… mais elle m'offre aussi un lien unique et précieux avec mes compatriotes.

L'amour du risque

Ma détermination sans faille ne m'empêche pas d'être angoissée au quotidien. En quittant la société Miss France, j'ai quitté un job en or.

Alexia Laroche-Joubert a bien résumé les choses : ce n'est pas facile de quitter un si beau paquebot. Quant à ma mère, elle a poussé un cri en apprenant la nouvelle : « Comment peux-tu quitter un travail pareil ? »

Lorsqu'on me tape dans le dos en me disant : « T'inquiète pas, Sylvie, ça va bien se passer, tu peux bien rester deux ans sans bosser », cela me paraît surréaliste. Ne pas travailler, ne pas gagner ma vie, ne plus être une femme indépendante, est inenvisageable. Autant par souci de ma liberté que par cette peur de manquer qui me parle parfois à l'oreille depuis mon enfance.

Je vis dans un foyer confortable et chaleureux, avec l'homme que j'aime et des enfants magiques. Mais on ne sait jamais. Je me dis toujours : qu'est-ce qui va m'arriver ? Ou plutôt : de toute façon, ça va être rude. Je suis optimiste, mais je vis toujours avec au moins deux salaires d'avance. Une optimiste prudente, en quelque sorte. Je suis toujours préparée au pire dans ma tête, donc jamais déçue et prête à tout. Comme beaucoup de Français et de Françaises, je ne me plains pas, je n'ai pas grandi dans les corons ou *Germinal*, mais je sais que ça va être rude et je bosse dur. Je prends mon risque.

Le risque, c'est cette poussée d'adrénaline qui réveille nos sens endormis, qui nous force à sortir de notre zone de confort pour embrasser l'inconnu.

Pour moi, c'est bien plus qu'une simple sensation, c'est un mode de vie, une philosophie qui donne un sens à chaque instant. Je ne peux pas imaginer ma vie qui se déroulerait chaque jour selon un scénario prévisible, où les mêmes certitudes rythmeraient mes pas, où l'ennui s'installerait comme un invité indésirable.

Je préfère plonger dans l'incertitude, dans ce territoire sauvage où se cachent les plus grandes aventures. Parce que le risque, c'est aussi se sentir vivant. C'est comme un saut dans le vide où on se demande : vais-je voler ou tomber ? C'est cette montée d'excitation avant de lancer un projet, de relever un défi, de tenter l'impossible.

Certes, je comprends ceux qui préfèrent les héritages tranquilles, les lignées où la sécurité semble garantie pour l'éternité. Mais, pour moi, le risque est le pouls de la vie. C'est la conviction que, même dans l'échec, même dans la chute, il y a toujours quelque chose à apprendre, à gagner. C'est l'art de se relever plus fort, plus sage, prêt à affronter les prochains défis.

Au fond, avec des années de recul, un accident, survenu trois mois à peine après mon élection, résume de façon plutôt amusante mon rapport à Miss France. Le 14 mars 2002, une camionnette percute la voiture d'Andrée Michon, présidente du comité régional, qui me conduit dans Lyon. Je suis projetée à travers le pare-brise, mais m'en tire heureusement après quelques examens à l'hôpital Édouard-Herriot sans blessure grave, mais… obligée de porter une minerve et affligée d'un énorme hématome à la joue pendant une semaine d'événements, de salons et de représentations diverses. Des engagements que je me dois d'honorer coûte que coûte. Des milliers de mains à serrer, sous antidouleurs, avec ce look improbable. Un condensé de risques, d'imprévus, mais aussi de devoirs envers un public qui vous porte et vous pousse à vous dépasser. On n'est pas Miss pour la vie, mais être Miss vous donne des souvenirs et une force pour la vie.

Alors, je choisis le risque, avec toutes ses incertitudes, ses hauts et ses bas. Parce que c'est là, au cœur de l'inconnu, que je me sens pleinement vivante, prête à embrasser chaque opportunité, chaque épreuve, avec courage et détermination. C'est cela, pour moi, la vraie essence de la vie.

Préjugé n° 9

Leur beauté, ce n'est pas naturel

Où l'on parle de bistouri et de bons coups de fourchette. Où l'on rencontre, aussi, des haters *qui pullulent sur les réseaux sociaux, et des femmes qui décident d'être bien dans leur peau. Bref, je vous parle du corps, celui des Miss, le mien aussi ; ce corps qui se révèle si souvent notre meilleur ami comme notre plus redoutable adversaire.*

La scène se déroule au cours de mon année Miss France, en 2002. Comme souvent, nous parcourons les routes de France et de Navarre. Mais, ce jour-là, Geneviève est différente, d'une présence comme détachée, l'esprit ailleurs. Dans la 807, tandis qu'un silence inhabituel enveloppe le voyage, un voile de pansements imbibés de Bétadine entoure son visage. Quatre heures de route s'écoulent, pendant lesquelles une question persiste, dans l'air, entre nous :

« Ça vous a fait mal ? » je demande, osant enfin sortir du mutisme qui devient embarrassant.

Geneviève soupire, mi-agacée, mi-soulagée, avant de répondre :

« Ah, quand même, vous allez enfin m'en parler et me demander comment je vais ! »

Comment aborder le sujet délicat de la chirurgie esthétique avec cette femme septuagénaire, qui semble si allergique aux artifices, et plus encore aux opérations chirurgicales lorsqu'il s'agit des Miss ?

« Pourquoi vous faites de la chirurgie esthétique, Geneviève ? Vous êtes une belle femme… », lui glissé-je, tentant de comprendre sa décision.

Cette fois, la dame en noir et blanc prend une profonde inspiration. Je sens l'orage approcher dans l'habitacle de la voiture : je suis allée trop loin, je vais me faire envoyer sur les ronces. Madame de Fontenay fend l'armure, garde un calme plein de patience, pour finir par répondre avec une sincérité troublante : « C'est une question de respect vis-à-vis du public », murmure-t-elle. Dans ses yeux, je lis une profonde préoccupation pour son image et sa relation avec ceux qui la suivent. J'y vois aussi la peur du temps qui passe, la pression médiatique, l'envie de plaire malgré les années, et un certain sens du devoir, de la tenue, de l'élégance. Cet épisode avec Geneviève, cette femme au caractère pourtant bien trempé, me fait réfléchir encore deux décennies plus tard : pour les Miss, comme pour beaucoup de femmes finalement, notre corps est à la fois notre meilleur ami et notre pire ennemi !

Est-ce que les choses se sont améliorées en 2024 ? Pas du tout ! Être Miss, ou ancienne Miss, c'est même être désormais prise entre deux feux. D'un côté, les féministes radicales vous attaquent parce que vous désirez atteindre un idéal de beauté. Elles oublient d'ailleurs un peu vite, dans leur critique pavlovienne du concours Miss France, que les boxeurs sont tout autant soumis à de rigoureuses normes de poids, des contraintes implacables, au gramme près. De l'autre côté, les *haters* des réseaux sociaux se défoulent à la moindre occasion, au moindre défaut physique. Dans quel monde vit-on pour que la magnifique Camille Cerf, avec ses formes de jeune maman, ait été plusieurs fois la cible de leur grossophobie sur X (ex-Twitter) ? Elle les a, à chaque fois, copieusement remis à leur place. J'ai fait de même en découvrant, atterrée, certains commentaires dégradants sous les photos de mes vacances en famille, sur les plages de Miami. Un simple maillot peut déclencher un déluge de remarques ignobles sur votre ventre, vos cuisses, votre poitrine…

Un physique de Miss

Ces commentaires sont, évidemment, encore plus virulents pendant l'année que chaque Miss France en titre passe sous les projecteurs. C'est une année à haut risque, la quadrature du cercle : vous devez plus que jamais être parfaite… tout en passant une année totalement déséquilibrée ! Entre les dîners somptueux lors des galas et des soirées caritatives, les plateaux repas engloutis entre deux émissions télévisées, et les stands de foires agricoles où l'on grignote tout ce qu'on vous offre gentiment, l'alimentation devient un enjeu très compliqué plus qu'une source de plaisir. Les horaires de sommeil sont tout aussi chaotiques que les repas. On se lève à l'aube pour être prête pour la journée chargée qui s'annonce, et on se couche à des heures indues, parfois après minuit, après avoir honoré tous les engagements de la journée. Les trajets incessants entre les villes et les événements laissent peu de place à la régularité et à la tranquillité d'un rythme de vie normal. La solitude psychologique est également une réalité pour la Miss France en titre, souvent loin de sa famille et de ses proches pendant de longues périodes. Les moments de répit sont rares, et les instants pour se ressourcer encore plus. Le manque de temps pour pratiquer du sport et prendre soin de soi devient une frustration supplémentaire dans un planning déjà surchargé. Malgré ces défis et ces contraintes, chaque Miss France s'efforce de rester digne et gracieuse, même lorsque les conditions ne sont pas idéales.

Pour ma part, je n'ai survécu à mon année Miss France que grâce au sport : chaque matin, j'enchaînais les kilomètres de running pour garder la ligne, mais aussi pour me vider l'esprit, faire le point, garder de la distance vis-à-vis des événements. Autant le dire : c'est un effort extraordinairement difficile, que je sentais indispensable, mais qui m'a demandé une abnégation dont je ne me savais pas capable. Un résumé de mon année Miss France : des kilos de petits fours et des kilomètres de bitume avalés ! Chacune trouve sa propre réponse. Par exemple, bien des années plus tard, Vaimalama Chaves, que des *haters* harcèlent pour quelques formes pulpeuses pendant son règne de Miss France 2019, a préféré les assumer. Avec le franc-parler et le caractère nature qu'on lui connaît, elle a tout simplement répondu aux critiques dans un reportage de « 50' inside » sur TF1 : « Je sais que j'ai grossi et ça me va. Bah oui, je mange ! Et je mange beaucoup parce que ce n'est pas dans ma culture, tous ces mets gastronomiques qu'on me présente. Alors j'en profite. Et même si c'est vrai que ce n'est pas l'image que vous pouvez avoir d'une Miss France, eh bien, c'est quand même moi qui suis là. Et j'aime manger, j'aime rigoler et parler fort et dormir. Et je vais continuer à être comme ça, que vous le vouliez ou non. Alors, bon courage, parce que vous avez encore neuf mois à me supporter, les gars ! »

On a souvent accusé le concours Miss France de véhiculer une idée de beauté stéréotypée. La question revient souvent : pourquoi aucune des Miss ne dépasse-t-elle pas la taille 38 ? C'est une question délicate, parfois polémique, mais finalement assez simple. Les critères de beauté du public français sont bien établis. Dans ma génération, la beauté était souvent associée à des figures telles qu'Isabelle Adjani ou Cindy Crawford, caractérisées par des silhouettes d'exception. Et pourquoi se mentir : ces standards persistent dans l'imaginaire collectif. Bien sûr, lors de mes déplacements en région, j'ai rencontré des jeunes femmes exceptionnelles, arborant des courbes plus rondes, mais ces candidates ne semblent pas obtenir le soutien du public. C'est un constat qui peut être frustrant, mais qu'il faut regarder avec lucidité. En région, il faut aussi compter avec une certaine fierté locale, une volonté de remporter le concours. Peut-être que, pour maximiser leurs chances, les votants et les candidates pensent qu'il est préférable de coller aux critères traditionnels, car cela a toujours été une formule gagnante. C'est une réalité qui reflète en quelque sorte les préférences et les attentes de notre société. Blâmer le concours Miss France pour cela est à la fois injuste et hypocrite.

Coupe du monde

Si l'on exige de la Miss France en titre de rester dans une forme exceptionnelle, c'est aussi parce qu'elle doit affronter les concours internationaux : Miss Monde et Miss Univers. Dans ces concours, les plus belles femmes du monde sont en compétition, et la France fait face à la concurrence parfois déloyale de pays qui acceptent la chirurgie esthétique, voire l'encouragent. Une jeune Française a pourtant prouvé à toute la planète qu'il était possible de l'emporter à la régulière : notre Iris Mittenaere nationale. Je veux revenir sur son parcours, le parcours par excellence d'une beauté naturelle sublimée par l'effort et le travail sur soi.

Iris, c'est le souffle de l'inattendu, une épopée débutée avec un double sacre du Nord-Pas-de-Calais, les titres 2015 et 2016. D'abord célébrée par les médias pour avoir ramené la couronne au Nord pour la deuxième année d'affilée, elle est ensuite inévitablement comparée à Camille Cerf. « Plus petite, moins spontanée... » Je me rappelle une conversation avec une journaliste du *Parisien*, en septembre 2016 (je préserverai son anonymat par respect pour elle et son manque de clairvoyance) : Iris est en pleine préparation pour Miss Univers. Lorsque je suggère à la journaliste de rédiger un article de rentrée sur Iris pour annoncer l'élection à venir et faire un bilan de ses six mois de règne, sa réponse est laconique : « Je ne trouve rien de passionnant à écrire sur elle. » Pourtant, six mois plus tard, les demandes d'interview pour la jeune Française qui a réalisé l'exploit de décrocher la couronne de Miss Univers après plus de soixante ans de disette se compteront par centaines.

Bien sûr, lorsque l'on pense à Iris, on imagine ses courbes parfaites, sa spontanéité au micro de Steve Harvey, le 30 janvier 2017, devant des millions de téléspectateurs à travers le monde. Mais moi, j'aime rappeler qu'Iris a surtout été victime d'une sérieuse chute à vélo en juillet 2016, pendant le Tour de France, où nous pédalions pour l'association Mécénat Chirurgie cardiaque. Elle a pourtant préparé avec acharnement, tant physiquement que moralement, sa participation à Miss Univers aux Philippines. Elle enchaînait les cours d'anglais, les cours de fitness et de *catwalk* pour rivaliser avec ses concurrentes. Comme je l'ai mentionné, j'ai l'habitude de demander aux Miss quel est leur rêve. Celui d'Iris était de devenir Miss Univers. Même lorsque l'organisation américaine m'a annoncé courant 2016 que, pour des raisons de programmation, le concours serait différé de quelques mois, potentiellement en 2017, avec une nouvelle Miss France élue, Iris s'est montrée catégorique : c'était son défi. En dix-sept ans, je n'ai jamais rencontré une jeune femme aussi motivée pour cette élection, et pourtant, Dieu sait que les Miss France sont des compétitrices ! Iris avait cela dans les tripes, c'était inscrit dans son karma.

Je nous revois à 7 heures du matin, dans une arène de Manille bondée, un commando de Français perdus parmi les 20 000 spectateurs survoltés (aux Philippines, les concours de Miss attirent plus de monde que la venue du pape lui-même). Comme d'habitude, en mode débrouille : des chambres partagées, des billets négociés avec le directeur français d'Emirates… C'est le matin à Manille, mais une collaboratrice bourguignonne nous apporte quelques bières : après tout, en France, il était midi et donc l'heure de l'apéro ! Plus sérieusement : j'ai immédiatement senti que, cette année-là, la couronne était pour nous. À l'annonce des résultats de l'élection, lorsque les organisateurs tiennent la main de Miss Haïti, je pleure déjà parce que je sais qu'Iris l'a emporté. C'est sa victoire et notre fierté : ces années de *lobbying* auprès de l'organisation Miss Univers, ces années à étudier tous les résultats pour savoir quelle robe porter, quel costume national proposer, comment répondre aux questions posées, toutes ces années à nous battre avec d'autres armes que le bistouri ont enfin payé. C'est aussi pour moi l'occasion de remercier tous ceux qui m'ont aidée sans rien attendre en retour, juste par amitié pour les Miss et pour l'envie de voir la France briller sous cette couronne de Miss Univers. Merci les amis.

beauté, pendant laquelle je lui prodiguais mes meilleurs conseils make-up, colorimétrie, teint (plus on vieillit, moins on en met !).

Ensuite et surtout : être dotée d'une belle plastique ne sert pas à grand-chose… si on ne l'entretient pas ! C'est là que le côté « naturel » devient plus discutable : rester belle nécessite en général un énorme effort, des sacrifices permanents, un travail à la fois au long court et de tous les instants.

Pour ce qui me concerne, je vais là encore jouer la carte de la transparence avec vous : je tente, très fréquemment, tout ce qui est possible pour lutter contre les effets du temps et m'entretiens physiquement. D'autant que vingt années à sourire m'ont créé des rides « spéciales Miss France » un peu partout… Alors je teste tout, regarde tout, m'intéresse à tout, de la méthode Kobido à la gymnastique maxillaire, du drainage aux séances d'endermologie censées réactiver les cellules du corps, etc. Vu le succès des officines de beauté dans notre pays, je ne suis sûrement pas la seule dans ce cas ! D'ailleurs, je ne juge pas les femmes qui ont recours aux injections et aux opérations plus invasives. Ce sont des options respectables, car elles touchent à la chose la plus intime de nos vies : nous sentir bien avec nous-mêmes. Ce sont des options auxquelles j'aurai recours si j'en ressens le besoin, sans tabou et sans m'excuser auprès de quiconque : mon corps, mon choix !

Cependant, je dois vous faire une autre confidence : je crois intimement à la discipline personnelle. Je le dis sans détour : je m'aime en 36 et je sais, en mon for intérieur, que je m'aimerais moins en 44. Ma sœur cadette me reproche : « Tu n'es pas capable de te lâcher. » Elle a peut-être raison. Il y a un besoin de contrôle dans tout cela. Mais pas seulement. Il s'agit de mon regard dans le miroir. Certaines femmes vivent très bien avec une peau d'orange, moi je n'aimerais pas mes jambes avec de la cellulite.

Cela a un prix. D'abord une discipline alimentaire. Ma devise : ne remplir le réservoir de sa voiture que pour le chemin à parcourir. Traduction : si j'ai une journée sédentaire, entre réunions et soirée tranquille sur le canapé, hors de question d'ingurgiter des calories inutiles. À l'inverse, après une bonne séance de sport, aucun problème pour déguster une délicieuse raclette ou un plat en sauce ! La discipline sportive est aussi essentielle. On ne le répétera jamais assez : il faut faire du sport, pour créer de l'endorphine, pour que le corps s'épanouisse et fonctionne, pour être bien dans sa peau. Je suis addict au sport : j'apprécie chaque geste, enfiler ma tenue, repousser mes limites, pratiquer la mentalisation pour me donner à 100 %. « Tellier, tu t'accroches ! »

Ce n'est pas très politiquement correct (je m'en fiche), mais je crois que chacun doit se prendre en main, être responsable avec son corps. Que l'on ne m'accuse pas d'encourager les mauvais comportements alimentaires : j'ai toujours lutté contre la boulimie et l'anorexie chez les Miss. Il m'est souvent arrivé de repérer des candidates qui avaient trop l'habitude de filer aux toilettes dès le moindre bout de nourriture avalé. J'ai parfois dû mettre une main rassurante sur l'épaule d'une jeune fille perdue dans ces engrenages pervers. Il faut, plus que tout, protéger nos enfants de ces maladies. Heureusement, je n'ai pas eu à intervenir trop souvent auprès des Miss car il me semble que le concours Miss France a un peu échappé au « culte du corps » à l'américaine. En revanche, je me souviens parfaitement, lors de ma participation à Miss Univers, qu'il était d'usage après chaque repas que certaines candidates fassent la queue aux toilettes pour aller se « faire vomir ». Nous avions d'ailleurs eu droit à une consultation de chirurgie esthétique, ou plutôt une séance de « beauty tips » (pour ne pas mettre de mots sur les choses). Mais les faits étaient là, je suis repartie avec une liste ahurissante de suggestions chirurgicales : de quoi vous miner le moral pour trois générations…

Pour autant, je ne suis pas entièrement convaincue, non plus, par la mode du « body positive », ce mouvement qui prône un surpoids, voire une obésité heureuse et assumée. J'ai eu la chance de rencontrer Ashley Graham, mannequin présentatrice à la pointe de ce mouvement. Et nul ne peut contester qu'elle a l'air épanouie et rayonnante. Icône de la mode et militante de l'acceptation de soi, j'admire sa beauté pulpeuse et son charisme saisissant. Avec ses courbes voluptueuses et son sourire éclatant, Ashley change les règles de cette industrie si difficile et prouve que la taille zéro n'est pas la seule forme de beauté. Je suis toujours impressionnée devant des femmes qui inspirent des millions de personnes à travers le monde.

Mais la limite du body positive, ce sont de vrais problèmes de santé liés aux kilos superflus. Et surtout, ce sont ces femmes qui souffrent, qui tentent de se dire le matin qu'elles s'aiment et qui se mentent. Dans ce cas, j'assume de le dire : il faut peut-être qu'elles enfilent des baskets, qu'elles se dépassent dans l'effort. Il ne faut pas lâcher, car ce n'est pas une question de moyens financiers, mais bien d'équilibre physique et psychique, il suffit de prendre une lampe frontale et d'aller courir même dans les petits matins froids, même lorsque c'est difficile, même quand on n'a pas envie. Prendre sur soi, tenir, se bouger. Car céder, s'abandonner, est bien trop facile et, si on se laisse dériver, on risque fort de ne jamais redresser la barre par la suite.

Maintenir mon capital physique n'est pas une affaire de coquetterie, c'est une question d'équilibre dans ma vie au quotidien. Je fais partie des « new forties », on n'a pas 40 ans aujourd'hui comme à l'époque de nos parents : nous portons nos enfants plus tard, notre vie professionnelle commence plus tard, on est encore dans les couches tout en gérant les premières sorties d'ados et les grands-parents qui vieillissent. En ce qui me concerne, j'ai eu mon troisième enfant tard et, oui, j'assume vouloir me prouver des choses en tant que maman, être capable de suivre Roméo dans une activité sportive quand il aura 15 ans. Notre *to-do list*, la charrette est bien davantage remplie que pour les générations précédentes. L'enjeu est d'avoir du temps pour soi. Parfois, j'aimerais que tout s'arrête sauf moi, comme les arrêts sur image dans les films, un temps immobile où je peux ne rien faire. Ou alors faire du sport. Maman pratiquait le marathon. Aujourd'hui, je savoure intensément de parcourir avec mon mari la fameuse course Marseille-Cassis, avec mon délicieux Éverest à moi : le col de la Gineste et son ascension de cinq kilomètres.

Laurent et moi avons une autre passion sportive en commun : le tir. Au stand de tir, nous sommes comme des enfants dans un magasin de jouets. L'odeur de la poudre, le claquement sec des coups de feu, tout nous transporte dans un autre univers, un monde où la précision et la concentration sont les maîtres-mots. Je charge mon arme avec précaution, sentant le poids du pistolet dans ma main, la texture lisse du métal sous mes doigts. Mon cœur bat un peu plus vite à chaque fois, l'excitation monte, mêlée à une certaine tension, celle qui précède le lâcher de chaque coup. Laurent est à côté de moi, son regard concentré fixé sur la cible, ses gestes précis et assurés. Il m'encourage, me prodigue des conseils, et je me sens pousser des ailes, prête à défier la cible qui m'attend au bout du stand. Le moment de vérité arrive. Je vise, je respire profondément, je relâche doucement la détente. Un bruit sec, un léger recul, et l'instant d'après, la cible est transpercée par ma balle. Un frisson de satisfaction parcourt mon corps, mêlé à une pointe d'adrénaline. C'est un mélange indescriptible de fierté et d'euphorie qui m'envahit à chaque fois que je touche ma cible.

Le tir sportif, c'est bien plus qu'un simple loisir pour nous. C'est un moment de complicité, de challenge, où nous repoussons nos limites, affûtons notre concentration et apprenons à nous dépasser. C'est aussi un moyen de canaliser notre énergie, de nous vider la tête, de nous reconnecter à l'essentiel. Et à chaque séance, nous ressortons plus forts, plus unis, prêts à affronter ensemble les défis du quotidien.

Éros et Thanatos

Dans ce combat homérique, et peut-être chimérique, pour la beauté, certains commentateurs liront une peur fondamentale de la vieillesse et de la mort. Un peu à la manière de la mythologie des Grecs anciens, pour qui le dieu de l'Amour, Éros, et le dieu de la Mort, Thanatos, étaient indissolublement liés. L'élection de Miss France 2022 et les mois qui ont suivi en sont peut-être la meilleure illustration.

Le jury est alors présidé par Jean-Pierre Pernaut. Un homme que je chéris particulièrement, un ami de longue date, un complice de notre aventure. Jean-Pierre a rencontré sa femme, Nathalie, lors de mon élection en 2001, à Mulhouse. Geneviève avait pris soin de placer côte à côte la magnifique ancienne Miss Alsace et celui qui sortait d'une séparation. Ensuite, nos parcours ont été toujours liés, depuis mon premier JT sur son plateau, jusqu'aux dizaines de sujets télévisés consacrés aux Miss en deux décennies, dans son journal ultra-populaire. Quand j'ai appris sa maladie, j'ai voulu qu'il préside ce concours auquel il avait tant donné. La soirée fut magnifique, à son image : simple et élégante, drôle sans une once de vulgarité, populaire et brillante. Quelques mois plus tard à peine, il disparaissait, à 71 ans seulement. C'est à ce moment que se rencontrent, se défient, se jaugent, Éros et Thanatos.

Après les obsèques à la basilique Sainte-Clotilde, le 2 mars 2022, on se réunit avec les copains de Jean-Pierre, on ouvre des bouteilles parce que c'était vraiment un bon vivant. Non pas dans une ambiance de fête, mais comme un hommage vibrant à l'homme joyeux et pétillant qu'était Jean-Pierre. Les verres se lèvent dans un mélange de rires et de larmes, car, même dans nos souvenirs les plus festifs, son absence pèse lourd. C'est un moment à la fois douloureux et réconfortant, une façon pour nous de prolonger sa présence en partageant ensemble ce vin qu'il aurait sans doute apprécié. On trinque, non pas pour oublier, mais pour se souvenir, célébrer la beauté de la vie qu'il a si bien incarnée.

Ici, je dois raconter un autre aspect de cette histoire. Quelques heures après ces obsèques, je suis admise à l'hôpital de Port-Royal, à Paris, pour subir une opération qui va changer, je le sais, ma vie de femme. J'ai pris la décision d'une hystérectomie, un bouleversement dont, par pudeur, je ne tiens pas particulièrement à développer les motivations. Le choc est là, néanmoins. La combinaison de la perte de Jean-Pierre et de l'incertitude entourant mon propre état de santé crée un tourbillon d'émotions déroutantes. Je dois alors faire face à la fois au deuil et à la crainte de l'avenir, jonglant avec des sentiments contradictoires et parfois écrasants. C'est une période de profonde vulnérabilité, où chaque jour apporte son lot de défis à surmonter.

Dans la nuit du 16 au 17 mars, April Benayoum, première dauphine Miss France 2022, représente notre pays au concours Miss Monde. Je n'ai pas pu l'accompagner à Porto Rico et je dois répondre aux interrogations des internautes sur Instagram : « Franchement, j'aurais adoré être dans la salle pour crier et soutenir April comme je l'ai fait l'an dernier pour Amandine, mais malheureusement j'ai subi une petite opération la semaine dernière et je n'avais pas du tout le droit de prendre l'avion. » April réalise une jolie performance. La vie continue. *The show must go on.*

Le temps, ce grand sculpteur de nos vies, façonne nos corps et inscrit sur nos visages les traces de nos émotions, de nos expériences. J'ai moins peur de l'avancée en âge à cause des changements physiques que des challenges que je ne pourrai plus relever, ces défis que l'on ne peut se lancer qu'entre 30 et 50 ans. J'aimerais avoir une autre vie après la mienne. Il y a tellement de choses que j'aurais voulu faire, et pourtant j'ai l'impression que je n'arrête pas, que je croque la vie à pleines dents. Parfois j'aimerais tout recommencer, faire de nouvelles études, être chirurgien ou encore ouvrir une chaîne de restaurants français aux États-Unis. Bref, c'est triste, mais nous n'avons qu'une vie et je trouve que la mienne passe trop vite.

En tant que femmes, nous naviguons dans les eaux mouvantes de la beauté, un concept changeant, éphémère, parfois capricieux. Nous sommes les gardiennes de ces temples fragiles – nos corps – qui portent en eux la mémoire de nos joies et de nos peines. La condition de femme, c'est celle d'une fleur délicate : nous savons aussi que chaque pétale, si vibrant soit-il, finira par se flétrir. C'est dans cette conscience de l'éphémère que réside toute la gravité de notre existence. Quant aux Miss, nous sommes des étoiles filantes, traversant le ciel de nos vies avec éclat, laissant derrière nous une traînée lumineuse, sachant pourtant bien que notre flamme finira par s'éteindre.

Nous pouvons simplement user, du mieux possible, de ce que la vie nous apporte. Je pense forcément aux Bonnes Fées, notre association, au lien que nous tissons avec des femmes parfois en pleine chimiothérapie. Les moments de complicité partagés autour de conseils beauté, les cœurs qu'elles nous ouvrent, donnent un sens profond à cette beauté que nous essayons de cultiver : permettre à ces femmes de se sentir belles, féminines, malgré la maladie, pour la combattre encore plus fort.

La beauté, cette compagne de route si changeante, fait partie de notre voyage à travers la vie. Nous la chérissons, nous la cultivons, mais nous savons aussi qu'elle est fugace, qu'elle s'évapore entre nos doigts comme les grains dans un sablier. La véritable beauté, celle qui transcende les apparences, réside dans la force de l'âme, dans la lumière qui brille au fond de nos yeux, dans la générosité de nos gestes, dans la bienveillance de nos paroles. Nous apprenons, au fil des ans, à apprivoiser le miroir, à y lire les lignes du temps avec douceur et acceptation. Nous apprenons à aimer notre corps, quels que soient ses contours. Car la véritable beauté dépasse les modes et les époques, réside dans l'authenticité, dans l'acceptation de soi, dans la capacité à s'aimer telle que l'on est, dans toutes les saisons de la vie. Ainsi, nous embrassons le temps qui passe, avec ses joies et ses peines, avec ses douleurs et ses émerveillements. Nous marchons sur le fil ténu de l'existence, conscients de la fragilité de chaque instant, mais aussi de sa préciosité. Car c'est dans cette conscience aiguisée du présent que réside la clef du bonheur, dans la capacité à savourer chaque instant comme un cadeau, à danser sous la pluie et à célébrer la lumière du soleil, dans l'éphémère beauté de l'instant présent. Vous voyez, la beauté est une chose infiniment naturelle…

Il était mille et une fois…

Un livre finit toujours, je crois, par se refermer. Force est de reconnaître que le 16 décembre 2023 est venu clore une parenthèse dans ma vie, une parenthèse extraordinaire, ouverte vingt-deux ans plus tôt. La 94e édition du concours Miss France est empreinte, pour moi, d'un mélange de fierté et de nostalgie, d'excitation et de spleen. La petite Sylvie des Sables-d'Olonne aurait-elle pu imaginer, même dans ses rêves les plus fous, présider le jury Miss France au cœur d'un Zénith de Dijon incandescent ? Et quel jury ! Nolwenn Leroy et Adriana Karembeu, qu'on ne présente plus, l'actrice et chanteuse Stéfi Celma, Élodie Poux qui excelle dans l'humour, la meilleure pâtissière au monde, Nina Métayer, ou encore la flamboyante boxeuse Estelle Mossely. Des femmes de tête, de caractère, des femmes belles, fortes, déterminées, venues adouber, accompagner, jouer les bonnes fées auprès de la nouvelle Miss France, une jeune candidate très contemporaine, Ève Gilles.

Mais, ce soir-là, la tristesse est indissociable de la joie, comme la Lune est inséparable du Soleil. Une autre femme occupe les esprits, le mien peut-être plus que tout autre : Geneviève de Fontenay, bien sûr, disparue quelques mois plus tôt, et en l'honneur de laquelle un hommage est organisé. Pendant ce tableau sobre, tout de noir et blanc, qui réunit plusieurs générations de Miss France, je me sens traversée par un mélange d'émotions contradictoires et tumultueuses. Le stress est palpable, une tension qui parcourt tout mon être. Les souvenirs affluent, certains amusants et chaleureux, d'autres plus complexes et chargés de conflits. Je suis mal à l'aise, comme si chaque geste, chaque mot était scruté avec une intensité déconcertante. L'atmosphère est lourde, chargée de significations et de sous-entendus. Qu'attend-on de moi ? De tapageuses démonstrations, des pleurs et des mines contrites ? D'autres savent faire cela, moi je ne veux pas faire semblant ; la douleur est immense, mais j'essaie de rester digne. Je me sens à la fois touchée et déstabilisée par ce moment. Ce tourbillon d'émotions se voit probablement à l'écran : « La caméra prend ce qu'elle voit », avait pour habitude de dire Geneviève avec son bon sens inégalable.

Le soir même, c'est l'hallali sur les réseaux sociaux, et le lendemain dans la presse ; tout y est commenté, déformé, les attaques pleuvent, les mensonges aussi. Cindy Fabre ne me salue pas en coulisses, mais du bout des lèvres sur scène, alors que mes premiers mots sont pour la saluer avec Jean-Pierre Foucault et féliciter le travail des équipes. Le lendemain, un journaliste écrit que je n'ai pas eu un mot pour elle en entrant sur scène. A-t-il vraiment regardé l'émission ou entretient-il le mythe de la méchante Tellier ? On critique jusqu'à ma tenue, alors que j'ai fait créer spécialement une robe noir et blanc pour être raccord avec les autres Miss sans avoir à me changer pour ne pas rater le passage des candidates en lice. Qu'aurait-on dit si la présidente du jury n'avait pas été à sa place de juré lors des défilés ? On me reproche de ne pas avoir pris la main de Laure Belleville, Miss France 1996... mais c'est elle qui a refusé au motif que cela ne se faisait qu'avec les Miss les plus âgées pour les aider dans les escaliers ! D'ailleurs, Rachel Legrain-Trapani ne tenait pas la main à sa voisine non plus, sans que cela déclenche de telles foudres. Que dire de Valérie Bègue, qui fait une soirée « spéciale Miss » chez elle ? J'aurais tellement préféré qu'elle se déplace pour honorer la mémoire de Geneviève. Mareva Galanter a choisi une meilleure solution à mes yeux : certes, elle n'est pas montée sur scène, ce qui se comprend au regard des divers excès de madame de Fontenay à son égard, mais elle est ce soir-là présente dans la salle.

Est-ce que ces polémiques m'affectent ? J'aimerais répondre par la négative, les balayer d'un revers de main. Et pourtant… Si je ne peux m'empêcher d'y répondre, de me justifier, de démentir et de batailler, c'est bien sûr qu'elles me touchent et remuent quelque chose au plus profond de moi.

Je suis lucide : ma vie a été profondément marquée par les hauts et les bas de ma relation avec Geneviève. Notre duo, dépareillé, détonnant, étonnant, et finalement tellement efficace médiatiquement, a fait des étincelles dès mon élection en 2001. Cependant, je n'ai pas perçu, lors de sa rupture avec la société Miss France en 2010, à quel point cet épisode allait avoir un impact, bousculer mon existence, modifier durablement la perception que le public, que vous alliez avoir de ma personnalité. Des dizaines d'interviews, d'émissions, où les mêmes blagues, les mêmes questions, les mêmes clichés se répètent et finissent par sculpter un personnage que je ne suis pas : « Oh, vous êtes la vilaine méchante avec la pauvre Geneviève. Alors, vous l'avez virée ? Vous vouliez sa place ? » Une indécollable étiquette d'ambitieuse, prête à tout, à la limite du matricide. C'est bien connu : toutes les femmes indociles, insoumises, libres, sont un peu des sorcières… Alors oui, même si cet avis n'était (heureusement) pas partagé par tous, j'ai ressenti le besoin, dans cet ouvrage, de livrer ma vérité, de poser mes mots sur cette histoire qui m'a été un peu volée, de mettre de la chair là où l'on ne voyait qu'une beauté glaciale, que je n'ai jamais été.

Il fallait bien ce livre, donc. Une nouvelle rencontre entre nous. La mille et unième fois...

Désormais je peux le dire : je suis en paix. En paix avec la mémoire de Geneviève, donc sûrement davantage en paix avec moi-même. C'est comme si les tempêtes du passé avaient finalement trouvé leur apaisement dans les eaux calmes du souvenir. Les années ont pansé les blessures. Il y a dans cette paix une douceur inattendue, un sentiment de libération qui m'enveloppe. Les tourments d'hier se sont transformés en leçons précieuses, et la gratitude s'épanouit là où autrefois se dressaient les murailles de l'incompréhension. Aujourd'hui, je peux regarder en arrière avec sérénité, reconnaissant le rôle qu'elle a joué dans mon parcours, et lui offrant, en retour, l'amour, le pardon aussi, et l'admiration, qui permettent de refermer avec dignité ce chapitre de ma vie.

Surtout, nous sommes liées par cette passion commune, dévorante, à laquelle nous avons tout consacré, tout sacrifié, pendant deux décennies pour moi, pendant une vie pour elle : la passion Miss France. De ces vingt années, il m'est impossible de tirer un bilan. Est-ce indispensable, d'ailleurs ? Je n'en retiens que des flashs, une multitude de souvenirs comme autant de polaroïds qu'on affiche au mur de sa maison et devant lesquels on rit, on pleure, on est surpris, parfois. Un fou rire devant Alexandra Rosenfeld clouant le bec de Canteloup, qui se moquait de son accent chantant, au « Plus Grand Cabaret du monde », en 2006 ? Le bonheur de réaliser le rêve des Miss, comme la rencontre en 2010 de Malika Ménard avec Lenny Kravitz, dont les posters couvraient les murs de sa chambre d'ado ? Le cœur qui fond devant la douceur de Flora Coquerel qui, même épuisée après des centaines d'autographes et de selfies en Bourgogne en 2014, dépose la montagne de cadeaux qui l'encombre, et agenouille son impressionnant mètre quatre-vingt-trois devant la petite fille qui lui demande une dernière dédicace ? La gêne, en 2022, à force de harceler le Parc des Princes et tous mes contacts pour emmener ma chère Diane Leyre voir le match PSG-Real Madrid, de se retrouver avec deux invitations de trop le jour J ? Le temps est passé si vite, trop vite.

Il y a une douce mélancolie qui accompagne le fait de regarder en arrière, de se souvenir des débuts, des traditions et des visages qui ont marqué l'histoire du concours. Cependant, cette mélancolie est balayée par l'excitation et la fierté de voir évoluer Miss France, de la moderniser pour mieux refléter la diversité, l'intelligence et la force des femmes d'aujourd'hui. C'est une joie de constater que ces évolutions ont été accueillies avec enthousiasme par le public, les candidates et les professionnels de l'industrie.

La modernisation du concours a été une source d'accomplissement pour moi. Chaque innovation, chaque nouvelle touche apportée à cet événement emblématique a été une victoire sur la routine et la tradition. C'était comme redonner vie à une belle endormie, insuffler des idées nouvelles dans une aventure déjà bien établie. Bien sûr, cette modernisation a apporté son lot de défis, de débats, de bagarres parfois. C'était un travail d'équipe, une collaboration entre passionnés, visant à créer un spectacle à la hauteur des attentes du public contemporain. Il y a eu, chez toutes celles et tous ceux qui m'ont accompagnée ces deux dernières décennies, cette immense fierté, cette joie profonde de contribuer à l'évolution d'un événement aussi emblématique. Je suis reconnaissante de pouvoir en faire partie, de pouvoir laisser ma marque dans cet univers si singulier de la beauté et du glamour à la française.

Cette évolution du concours Miss France vers un grand événement à la fois populaire et chic, je pourrais presque la résumer par un moment très spécial à mes yeux. Bien sûr, une seule date ne peut pas contenir à elle seule une histoire si longue. Mais je voudrais tout de même m'arrêter sur un symbole inoubliable : le show prêt-à-porter printemps-été 2015 de Jean-Paul Gaultier.

Transportez-vous, par la pensée, un samedi soir de septembre 2014 sur le boulevard Poissonnière, une de ces grandes artères parisiennes que chantait si bien Yves Montand. Sauf que, ce soir-là, il n'est pas question de flâner : une foule bigarrée, excitée et compacte se presse pour assister à l'un des temps forts de la Fashion Week, cette semaine où toute la planète mode se donne rendez-vous dans la Ville Lumière. Votre invitation ? Pas de carton, cette année Jean-Paul Gaultier a adressé à ses hôtes une… écharpe de Miss.

À votre droite, Yvette Horner côtoie Albert Elbaz, Boy George et Amanda Lear voisinent avec Pierre Cardin ou Alexander Wang, à votre gauche Catherine Deneuve et Line Renaud sont assises non loin d'Anthony Vaccarello et Farida Khelfa. Soudain, sur scène et au son de la musique de l'émission « Champs-Élysées », la comédienne Rossy de Palma, alias « Geneviève de Palmay », tombe le tailleur sévère pour découvrir un magnifique corset, très osé… et porté avec le chapeau iconique de Geneviève, bien sûr !

Restez bien assis, vous n'êtes pas au bout de vos surprises : dans un délire magique de couleurs, de paillettes, de musiques, la chorégraphe Blanca Li multiplie les tableaux. Les tailleurs inspirés de celui de Geneviève se mêlent aux marinières et à des hommes-accessoires très dénudés… Le tout s'achève dans les éclats de joie face au combat de candidates à l'issue duquel une « Miss Jean-Paul Gaultier » est sacrée, après avoir sauvagement piétiné sa concurrente. Ce soir-là, je comprends que l'image du concours a changé. Nous avons gagné notre pari.

Jean-Paul Gaultier a toujours été un ami des Miss, je vous ai d'ailleurs raconté son affection et son engouement lors de l'élection de Malika Ménard. Mais le fait qu'une référence mondiale de la mode, en même temps qu'un représentant majeur du chic français, s'empare des codes du concours, lui rende un tel hommage, le dépoussière de façon aussi rock'n'roll, cela m'a paru une chance inespérée ! Et pour tout dire : une consécration. Miss France n'est plus la compétition un peu dépassée lors de laquelle on ressort inlassablement, d'une année sur l'autre, les costumes régionaux vieillissants. C'est un rendez-vous incontournable qui, conjuguant pop culture et chic à la française, trouve sa place jusque dans le temple de la mode la plus exigeante et pointue. Faire passer Miss France d'un concours qu'on regardait un peu de haut, avec souvent un rictus sur les lèvres, à un événement que l'on observe avec respect, envie, et même avec des étoiles dans les yeux : oui, tout cela, j'en suis profondément fière.

C'est certain, plus que jamais : Miss France est bien plus qu'un simple concours de beauté. C'est un événement qui transcende les générations, un rendez-vous annuel qui réunit familles et amis devant leur écran de télévision. Autrefois, quand la télévision ne comptait que six chaînes, ces moments de partage étaient monnaie courante dans les foyers. Mais, de nos jours, ils sont devenus de plus en plus rares. Avec l'un absorbé par Netflix, l'autre captivé par sa Switch, et le troisième plongé dans TikTok, il est peu fréquent de trouver des occasions où plusieurs générations se rassemblent pour vivre ensemble un spectacle comme Miss France. C'est incroyable, mais, quand tout est bouleversé par les nouvelles technologies et la fragmentation des familles, Miss France conserve son pouvoir fédérateur. C'est un instant où le temps semble suspendu, où les différences entre les générations s'effacent devant la magie du spectacle. Les grands-parents se remémorent leurs souvenirs des Miss d'antan, les parents partagent leur nostalgie des éditions passées, tandis que les plus jeunes s'émerveillent devant la beauté et l'élégance des candidates.

Je me suis souvent demandé ce qui donne une telle force à ce concours hors-norme. Au-delà de l'événement en lui-même, Miss France véhicule des valeurs de respect, d'estime de soi, de dépassement de soi et d'authenticité. Les candidates, par leur détermination, leur charisme et leur engagement, inspirent les jeunes générations à croire en leurs rêves et à poursuivre leurs aspirations avec courage et persévérance. Dans une époque où nos enfants sont coincés entre le Covid, la pression de Parcoursup ou la tentation du nihilisme et du je-m'en-foutisme, ce n'est pas rien ! Elles incarnent aussi des modèles de réussite qui prouvent que la beauté peut être bien plus qu'une simple apparence. J'ai voulu, plus que tout, que les Miss retrouvent le premier rôle, le premier plan. Aux mannequins, on demande de ne pas trop sourire : ce qui compte, c'est le vêtement. J'aime profondément l'écharpe et la couronne, mais ce n'est pas l'essentiel, ce ne sont, finalement, que les accessoires : je veux des Miss dont la personnalité rayonne, le contraire de l'homogénéisation. À ce propos, je me souviens d'un adorable petit garçon qui demanda, lors de l'élection de Laury Thilleman : « Pourquoi les Miss ont plus de dents que les autres gens ? » Le sourire, le bonheur, là est l'important.

La transmission de ces valeurs se fait à travers les écrans, mais aussi au sein des familles, où parents et grands-parents partagent avec les plus jeunes leur admiration pour ces femmes d'exception. Les discussions autour de Miss France sont l'occasion d'évoquer des sujets tels que la confiance en soi, le respect des femmes, et l'importance de cultiver ses passions et ses talents. Ainsi, Miss France demeure un symbole de rassemblement intergénérationnel, une tradition qui résiste à l'épreuve du temps, un héritage précieux à transmettre.

Dans ce livre, j'ai voulu raconter cela. Une histoire qui dépasse la simple chronique d'un concours de beauté. Que restera-t-il de tout cela ? Que dira la postérité ? Je n'en sais rien. Mais, comme Geneviève, je me suis battue de toutes mes forces pour un idéal. Et d'ailleurs, comme Geneviève, puisqu'il est question de postérité, j'ai mis sur le papier mes dernières volontés (pour « le plus tard possible », pour paraphraser le regretté Thierry Roland !).

Aujourd'hui, avec la clôture de ce chapitre, je me sens libre de voguer vers de nouvelles aventures, de regarder vers l'avenir avec enthousiasme et détermination. Je suis prête à explorer de nouveaux horizons. *Businesswoman*, je suis animée par la passion d'entreprendre, de créer et d'innover. Productrice, je souhaite mettre en lumière de nouveaux talents, raconter des histoires inspirantes et susciter des émotions chez les spectateurs. Animatrice, je désire partager ma passion, transmettre mes valeurs et inspirer ceux qui me regardent. Je bous de découvrir ce que l'avenir me réserve.

Ensemble, à travers ces pages, nous venons de parcourir non pas deux, mais bien quatre décennies. Car je vous ai invités, comme personne auparavant, à entrer dans mon cercle privé, dans ma famille, dans mon clan. Vous avez rencontré mes enfants, mes trésors inestimables, qui jouissent pour la première fois de leur vie d'une maman qui déconnecte en vacances. Ces enfants qui ont grandi avec la « règle des trois dodos » : essayer de ne jamais, pendant mes innombrables déplacements, les quitter plus de trois nuits d'affilée. Ces enfants envers lesquels mon amour absolu, de maman louve, s'est trop souvent teinté de culpabilité.

Vous avez aussi fait la connaissance de mon inestimable mari, Laurent. Cet époux d'une patience d'or, avec lequel j'ai depuis des années un *safeword*, un mot de passe quand je n'en peux plus des obligations, des responsabilités, d'être en représentation : le mot « grotte ». La grotte où je voudrais être à l'abri du rythme de la journée.

Vous connaissez aussi mon père, mon enfance. Qui s'étonnera que je me sois un peu blindée, que je sois si réticente à exprimer mes émotions en public ? Ce n'est pas une chose que j'ai forcément choisie, et cette distance face aux émotions trop fortes me fait souvent souffrir. Dans les réunions de famille, il n'est pas rare d'entendre : « Sylvie ? Elle parle pas, elle pleure pas, elle dit pas beaucoup je t'aime, mais elle sait se débrouiller, elle s'en sortira toujours. » À Noël, mes sœurs me taquinent : « Ah, toi, si je te demande un câlin, j'ai pas fini d'attendre ! » Cette réserve n'a rien, non, vraiment rien à voir avec de l'indifférence.

C'est peut-être le seul préjugé que je voulais démentir avec ce livre : non, je ne me fiche jamais, non, jamais, d'être mal aimée. Je tends souvent l'autre joue, j'y retourne, je reprends souvent une gifle. À Geneviève, j'ai fait porter jusqu'au bout des roses de la maison Lachaume, qu'elle jetait. Avec mon père, une fois, deux fois, dix fois, je me suis pris des portes dans le visage, mais au moins je n'aurai pas de regret. Je ne veux pas, comme ces personnes pleurant sur le cercueil de leurs proches, dire un jour : « Oh, si seulement j'avais pu lui dire... » J'ai essuyé des échecs, mais j'ai donné tout ce que j'ai pu.

L'an dernier, le 2 juin, je lui envoie un SMS « bon anniversaire Papy ! » et une photo de ses petits-enfants. Aucune réponse. Le même jour, un décret en Conseil des ministres me nomme chevalière dans l'ordre national du Mérite. Pour moi, qui crois profondément au pouvoir des chiffres et des nombres, la coïncidence est stupéfiante. Mais à quoi bon lui annoncer cette nouvelle ? À quoi bon inviter à la cérémonie ce père qui ne répond pas à sa fille revenue une énième fois vers lui ? Il ne serait sans doute pas venu, de toute façon. Je n'en ai pas, plus, envie.

Quelques jours plus tard, dans les jardins du secrétariat d'État à l'Économie sociale et solidaire et de la Vie associative, la fameuse médaille m'est remise en petit comité : des collaborateurs et partenaires, des amies comme Diane Leyre, une copine de promo fait même le déplacement depuis Hong Kong, peu ou pas de personnalités, à l'exception du mythique Jean-Claude Jitrois ou de ma formidable éditrice, Isabelle Saporta, PDG de Fayard.

J'ai envie d'un moment pour mon clan. Les enfants et Laurent m'accompagnent, mes sœurs sont venues de Genève, Tata Françoise et mon oncle sont là aussi, tout comme Éric, mon beau-papa.

Et puis, surtout, il y a Maman.

Sous les ors de la République, dans cet hôtel particulier du 7e arrondissement, au cœur de la capitale, elle est là. Sur son 31, évidemment. En la voyant, à la fois intimidée et radieuse dans sa belle tenue vert jade, je me demande : a-t-elle gardé son tailleur noir ? Oui, sûrement.

Dans ses yeux, je reconnais cette lumière. Je l'ai vue, il y a vingt ans, un soir à la Filature de Mulhouse, pendant que Jean-Pierre Foucault prononçait mon nom, *notre* nom. Comment l'aurais-je oubliée, cette lumière, dans les yeux de ma mère ?

Dans son regard, je ne vois pas seulement la fierté, je retrouve toute la tendresse qu'elle a toujours eue à mon égard, le soutien qu'elle m'a toujours témoigné. Malgré les années qui ont passé, malgré les épreuves que nous avons traversées ensemble, cette même flamme brûle toujours, aussi vive qu'à nos débuts. Cette médaille est aussi la sienne.

Éric vient de la demander en mariage. Il fêtera ses 70 ans cette année, Maman ses 75. La cérémonie aura lieu cet été, en Vendée. Ils la veulent simple et festive, comme eux. C'est curieux de marier sa mère. Avec mes sœurs, nous lui organisons un week-end entre filles, trois jours à Barcelone, pour acheter sa robe et nous retrouver. Peu avant le Covid, les médecins lui ont diagnostiqué une tumeur au cerveau. Neuf heures d'opération pendant lesquelles mon cœur a, il me semble, cessé de battre. Aujourd'hui, je l'imagine dans sa jolie robe au bras d'Éric, entourée de toutes les personnes qu'elle aime, souriant à la vie. Elle a enfin rendez-vous avec le bonheur. De bonheur, je lui dois tant. Merci Maman.

Mon questionnaire de Proust

Ma vertu préférée	La tempérance. Profiter de tout sans excès
La qualité que je préfère chez un homme	La fiabilité
La qualité que je préfère chez une femme	L'intégrité
Le principal trait de mon caractère	La résilience
Ce que j'apprécie le plus chez mes amis	Leur tolérance et leur compréhension
Mon principal défaut	Vouloir tout contrôler
Mon occupation préférée	Voyager
Mon rêve de bonheur	Ne plus me soucier du lendemain, réussir à vivre pleinement l'instant présent
Mon plus grand malheur	Perdre un enfant

Ce que je voudrais être	Une femme dont on se souvient pour sa contribution à l'humanité
Le pays où je désirerais vivre	Je suis bien chez moi, même si j'aime profondément les Polynésiens et les Canadiens
La couleur que je préfère	Le vert
La fleur que j'aime	Le lys
L'oiseau que je préfère	Le pigeon voyageur, car il porte un message
Mes auteurs favoris en prose	Valérie Perrin Marguerite Duras
Mes poètes préférés	Gérard de Nerval (*El desdichad*o, le seul poème que je connaisse par cœur)
Mes héros dans la fiction	Morgan Freeman
Mes héroïnes favorites dans la fiction	Julia Roberts
Mes compositeurs préférés	Michel Berger
Mes peintres favoris	Pablo Picasso
Mes héros dans la vie réelle	Christine Lagarde et Malala Yousafzai
Mes héroïnes dans l'histoire	Simone Veil

Mes noms favoris	Oscar, Margaux, Roméo
Ce que je déteste par-dessus tout	L'injustice, la vulgarité
Les personnages historiques que je méprise le plus	Hitler, Staline
Le fait militaire que j'admire le plus	La Résistance
La réforme que j'estime le plus	Le droit de vote des femmes
Le don de la nature que je voudrais avoir	La télétransportation
Comment j'aimerais mourir	Entourée, aimée
Mon état d'esprit actuel	Heureuse, curieuse, impatiente de savoir de quoi demain sera fait
Les fautes qui m'inspirent le plus d'indulgence	Celles de mes enfants
Ma devise favorite	Seul on va plus vite, à plusieurs on va plus loin

Les dates qui ont compté

28 mai 1978 : Naissance à Nantes (Loire-Atlantique)

1997 : Élue Miss Vendée puis 1re dauphine de Miss Pays de la Loire

12 mai 2001 : Élue Miss Lyon à la salle de la Ficelle de Lyon

8 décembre 2001 : Élue Miss France à la salle de la Filature de Mulhouse

30 novembre 2002 : Boycott du concours Miss Monde, qui se tient au Nigeria, pour protester contre la condamnation à mort par lapidation de la jeune Amina Lawal

2002-2004 : Chronique sur Match TV aux côtés de Frédéric Lopez

4 décembre 2004 : membre du jury Miss France, présidé par Francis Huster

Avril 2005 : Nommée responsable des relations extérieures de la Société Miss France

Mai 2005 : Publication, avec Geneviève de Fontenay, de *Sans compromis. Conversations avec Sylvie Tellier* (Michel Lafon)

Janvier 2007 : Nommée directrice générale de la Société Miss France et Miss Europe Organisation

23 juin 2007 : Mariage avec Camille Le Maux

2010 : Naissance d'Oscar

Avril 2010 : Rupture entre Geneviève de Fontenay et la société Endemol, qui organise le concours Miss France

2012 : Divorce, puis rencontre avec Laurent Schenten

2014 : Naissance de Margaux

2015 : Création des Bonnes Fées, association d'intérêt général à but non lucratif, qui réunit les Miss pour la cause des femmes, notamment atteintes de cancer

2015 : Création, avec Endemol, du projet Talent Lab, agence mannequinat de *celebrity marketing* destinée notamment à accompagner les Miss dans leur parcours professionnel

14 juillet 2017 : Mariage avec Laurent sur l'île de Porquerolles, en présence notamment d'Iris Mittenaere, Camille Cerf, Rachel Legrain-Trapani…

2018 : Naissance de Roméo

Décembre 2020 : Publication du livre-événement du centenaire Miss France 1920-2020 (Hors Collection).

30 août 2022 : Démission des fonctions de directrice générale de la Société Miss France

17 décembre 2022 : Nommée présidente d'honneur de Miss France

27 juin 2023 : Décorée chevalier de l'ordre national du Mérite

1er août 2023 : Disparition de Geneviève de Fontenay

16 décembre 2023 : Présidente du jury Miss France 2024, 100 % féminin, lors de la 94e édition du concours, à Dijon

Remerciements

Je ne sais pas pour vous, mais moi, lorsque j'ai aimé un livre, je lis les remerciements. Comme un générique de film. Une façon de ne pas refermer le livre, de rester connectée avec l'auteur, de comprendre ses inspirations, connaître son entourage, les difficultés qu'il a rencontrées pour écrire. J'imagine que, dans le monde très codifié de l'édition, il y a comme partout un protocole à suivre, une hiérarchie que j'ignore. Alors ne voyez aucune signification cachée dans l'ordre d'apparition, je voudrais juste spontanément dire : merci.

Vous dire merci à vous, vous qui m'avez peut-être soutenue il y a vingt-trois ans, lorsque mon destin a basculé, vous qui avez suivi mon parcours depuis le premier jour. Que ce soit à la télévision ou par le biais des réseaux sociaux, et vous qui avez ce livre entre vos mains aujourd'hui. Vous qui vouliez connaître mon histoire, et pas seulement celle que l'on raconte dans les magazines. Vous aussi, qui aviez des préjugés à mon égard ou à l'égard des Miss, mais n'en êtes pas moins ouverts et critiques. Les perceptions ont la vie dure, surtout quand elles sont négatives, et je n'ai pas la prétention de vous avoir influencés, mais au moins vous aurez eu, comme promis, ma version de l'histoire.

Après ces pages, vous devinerez que je souhaite remercier mon clan, mes femmes, mes précieuses, Stéphanie, Anne-Sophie, mes deux sœurs. Annick, ma maman. Au moment où j'écris ses lignes, elles n'en ont pas encore lu une seule. Pas que je craigne leurs réactions, car je connais leur amour et je sais qu'elles comprendront mon besoin de me confier à vous. Mais je sais qu'elles auraient préféré que cette histoire reste la nôtre, elles si pudiques sur leur vie. Pardon, les filles, je vous aime.

Je remercie Laurent, mon mari, qui accepte de me partager avec mille projets. À chaque fois que je lui parle d'une envie, d'une idée, d'une nouvelle aventure, il lève les yeux au ciel, car il sait que je vais encore me jeter à 1 000 % dedans et que cela accaparera toutes nos discussions, mais, finalement, il est toujours là pour me soutenir et m'encourager. Merci de supporter ton idéaliste de femme, je t'aime.

Merci à mes enfants, Oscar, Margaux et Roméo. Parce qu'il n'est pas toujours facile d'avoir une maman comme moi, celle dont on parle dans la cour de récréation, ou celle qui a raté pas mal d'histoires du soir malgré la règle des trois dodos. Cette maman un peu dingo, toujours speed, qui veut bouffer la vie et qui, en vacances, malgré une alerte de vigilance pluie à Corfou, arrive à vous convaincre d'aller crapahuter dans l'île avant de rentrer au pas de course à l'hôtel, sous des trombes d'eau.

J'aimerais dire merci à tous mes papas. Mon papa de sang, Bernard, celui qui m'a donné la vie. Parce qu'en vouloir à quelqu'un c'est d'abord l'aimer. Son sang coule dans mes veines et une partie de sa personnalité dans la mienne. Comme dans toutes les histoires, tout n'est jamais noir ou blanc, mais avec beaucoup de nuances de gris et des torts partagés.

Je voudrais remercier Éric, mon papa de cœur, qui a su composer avec mes blessures et avec cette carapace que je me suis forgée. Merci de m'avoir toujours aimé et soutenu. Mon papa d'élection, Jean-Claude R., qui a cru en moi et m'a soutenue dès la première rencontre. Mes papas de la télévision, Jean-Pierre Foucault, qui m'a acceptée à ses côtés pendant dix-sept ans et enseigné ce beau métier avec une grande bienveillance, et Jean-Pierre Pernaut, qui me lit depuis son fauteuil au paradis. Merci d'avoir été mes guides, mes soutiens, mes modèles.

J'ai aussi une pensée sincère pour Peggy et Delphine. Peggy qui deviendra enfin notre sœur aux yeux de l'état civil cet été alors qu'elle l'est depuis 35 ans.

Merci à mes amis, à mes proches, Sidonie, Guillaume, Nicolas F., Nicolas D., Émeline, Fifi, Jeremy, la Porquerolle team (désolée, les amis, vous êtes trop nombreux et je suis limitée en caractères), mais aussi Claude, Arnaud, Karine, Caroline T., sans oublier mes copines de promo Miss France et tous ces amis que j'ai perdus de vue, car la vie m'a fait prendre pas mal de chemins différents, dans des villes différentes, mais l'intensité de nos relations reste gravée à jamais dans mon cœur : Agnès, Julien, Christophe, Virgil, Karen, Rodolphe, Tex, Togne, Amel, Bruno. Merci d'être qui vous êtes et de m'accepter telle que je suis. Celle qui n'a jamais le temps, celle qui appelle ses filleuls et ses amis à 23 heures pour leur souhaiter leur anniversaire ou, pire, le lendemain, car elle n'a pas vu le temps passer. C'est drôle, mais, dans ma vie, mes amis sont ceux dont je prends le moins soin alors que je les aime plus que tout… Comme si, avec eux, j'acceptais d'être une fille imparfaite.

Merci à mes patrons, Stéphane Courbit, Arthur, Axel Duroux, Xavier Couture, Albert Benhammo, Virginie Calmels, Nicolas Coppermann, Delphine Cazeau et Alexia Laroche-Joubert. Merci à ceux qui m'ont comprise et soutenue, merci à ceux avec qui je me suis confrontée et qui m'ont fait grandir et merci aussi à ceux qui n'ont jamais vraiment compris en quoi consistait mon boulot et qui m'ont laissé une liberté totale.

Je sais qu'il ne veut pas que je le cite, mais je remercie celui qui a passé des heures à faire le tri dans toutes ces anecdotes avec une réelle et belle franchise, récupérant un premier livre baptisé *Heito* (« guerrière » en tahitien) et m'expliquant avec beaucoup de bienveillance comment construire un livre, l'organiser, le nourrir. Je garderai de nos échanges sa première réaction à la lecture des premiers chapitres : « N'essaie pas de te mettre dans le rôle de celle qui écrit, mais écris comme tu penses, raconte-nous ton histoire avec tes mots. »

Je remercie évidemment mon éditeur, Fayard, Isabelle Saporta et Margaux Russo, je les ai aimées dès notre première rencontre. Le livre que vous avez entre les mains leur doit tant. Merci, les filles ! Sans oublier Françoise Doux, mon attachée de presse, merci pour tes précieux conseils et ta fidélité.

Mes derniers remerciements iront à ma famille Miss France, celle qui m'a soutenue, supportée, tolérée, acceptée, tempérée pendant toutes ces années, mais aussi engueulée, fait pleurer et parfois même déçue… Pas seulement les Miss, mais aussi les délégués, les organisateurs, les partenaires, les producteurs, les diffuseurs. Merci à mes collègues, ceux avec qui j'ai partagé dix-sept années de Miss, avec son lot de joies et de peines, Fred G., Célia J.,

Olivier N., Franck B., Corinne S., Juliette P., Pascale D., Alexandra R. A., Estelle, Mélissa, Édouard, Carole, Stéphane, Aïcha et l'ange Idylle, Christopher, Sébastien, Cédric, Jonathan, Marie-Claire, Olivier D., Anne-Laure, Marion, Léa, Marie, Delphine, Alizé, Thierry, Franck, les Jacques, et tous nos super-stagiaires ! Cette famille que je garderai comme des amis pour la vie. J'ai essayé dans ce livre d'être vraie sans pour autant blesser qui que ce soit. Certains, que je n'ai pas cités, se reconnaîtront peut-être dans des anecdotes moins flatteuses, et je les prie de m'en excuser.

Mais je vous avais promis toute la vérité...
À très bientôt.

Sylvie

Table des matières

Crédits photo

Les cahiers photos sont mis en page par Nord Compo.

1er cahier photo

- Page 1 à 8 : collection personnelle de l'auteure

2e cahier photo

- 2nd cahier : Photo Geneviève de Fontenay © Benjamin Decoin
- Page 2 : © Bestimage
  © Sipa
- Page 3 : collection personnelle de l'auteure
- Page 4 : Photo Jamel Debbouze Collection personnelle
  Photo Jean Paul Gaultier : crédit Sipa press
- Page 5 Photo Iris Mittenaere crédit Sipa press
- Page 6 : Photo « Dirty dancing » crédit Benjamin Decoin
- Page 7 Felicia Sisco (photo de mariage en Noir et Blanc)
- Page 8 : Photo Chirurgie Mécénat cardiaque crédit Bestimage

Composition et mise en pages
Nord Compo à Villeneuve-d'Ascq

Cet ouvrage a été imprimé en France par
CPI Brodard & Taupin
Avenue Rhin et Danube
72200 La Flèche (France)

pour le compte des Éditions Fayard
13 rue du Montparnasse, 75006 Paris
en mai 2024

PAPIER CERTIFIÉ

fayard s'engage pour l'environnement en réduisant l'empreinte carbone de ses livres.
Celle de cet exemplaire est de :
450 g éq. CO_2
Rendez-vous sur
www.fayard-durable.fr

N° d'édition : 39-5578-4/01 - N° d'impression : 3056649